SÉRGIO

LE POUVOIR DE
Jeanne

ÉDITIONS
origo

Bonne lecture Tiana!

Joannie

**Données de catalogage
avant publication (Canada)**

Le pouvoir de Jeanne – tome 1
ISBN 13 : 978-2-923499-38-3

Titre de l'édition originale : Poderosa
Auteur : Sérgio Klein

Traduction du portugais (Brésil) : Benoit Edgar Pelletier
Collaboration éditoriale : Joannie Beaudet
Direction littéraire : François Perras
Révision linguistique : Jessica Hébert-Mathieu, Neijib Bentaieb,
Sylvie Clavel
Montage infographique : Jean-François Hains
Illustration de la couverture : Patrice Racine

Dépôt légal :
Bibliothèque nationale du Québec, 2011
Bibliothèque nationale du Canada, 2011

Les Éditions Origo
Boîte postale 4
Chambly (Québec) J3L 4B1
Canada
Téléphone : 450 658-2732
Courriel : info@editionsorigo.com

Imprimé au Canada

Gouvernement du Québec – Programme de crédit d'impôt
pour l'édition de livres – Gestion SODEC

*Pour Elaine, Lúcia, Cecília, Nancy, Mary, Kandy
et toutes les filles qui ont le monde à portée de main.*

Et si Dieu, en bon gaucher,
avait créé l'univers avec la main du Diable?

Carlos Drummond de Andrade, **Hipótese**
(extrait traduit par Benoit Edgar Pelletier)

Entre les lignes de la main

La littérature devrait être une branche de la biologie. Pour moi, les mots sont des êtres vivants, capables à tout moment de se décoller du papier et de s'envoler au hasard, sans auteur ni destination. J'ai treize ans, je n'ai pas encore publié de livres, mais je rêve de devenir écrivaine pour vivre de mon imagination, laquelle déteste tout ordre, qu'il soit chronologique ou alphabétique, et qui retarde toujours le moment d'apposer le point final. J'aime laisser ma main libre d'écrire comme bon lui semble, de sauter d'un sujet à l'autre à volonté, sans se préoccuper des dates, de la logique ou du bon sens. J'aimerais devenir scénariste de cinéma ou, peut-être, de téléromans; parce que je pense, en toute modestie, avoir le tour d'inventer des histoires remplies de surprises et de rebondissements.

Le problème avec les téléromans, c'est la durée : comment soutenir la même intrigue pendant des mois? Je ne sais pas comment ma mère fait pour se taper autant d'épisodes sans savoir qui finira avec qui, qui est l'auteur des lettres anonymes ou comment la mégère

5

LE POUVOIR DE *Jeanne*

qui empoisonnait l'existence de tous les autres personnages est enfin morte.

Mon père aussi aime les téléromans. Il assure que
non, mais il adore ça. Il reste tranquillement assis au
salon, l'air de rien, le visage enfoui dans son journal,
jetant régulièrement de petits coups d'œil sur la télé
par-dessus les nouvelles du jour.

L'autre jour, ma mère lui suggéra, pour le taquiner,
de faire deux petits trous dans son journal, un pour
chaque œil, comme ça, il pourrait écouter l'émission
sans avoir à baisser son journal. Mon père, offusqué,
lui reprocha de l'empêcher de lire en paix. Avant de
sortir du salon, encore plus de mauvaise humeur que la
propriétaire de l'immeuble du téléroman de 20 heures,
il plia son journal, puis, levant un doigt sentencieux,
il affirma que les téléromans ne devraient compter
qu'un seul épisode, le dernier, celui qui dénoue toute
l'intrigue.

En tant que future écrivaine, je trouvai l'idée plutôt intéressante : un téléroman d'un seul épisode serait
moins lassant, sans compter que ça attirerait sûrement
une meilleure cote d'écoute. Mais l'idée ne plut pas du
tout à ma mère. Elle se mit à pleurer silencieusement,
le regard rivé sur la télé, comme si elle était émue…
par une publicité de détergent liquide!

Professeure d'histoire à l'université, ma mère est
une spécialiste de la vie et de l'œuvre de Jeanne d'Arc
– spécialiste, *fan*, complètement toquée. À la fin de ses
études de doctorat, elle soutint la thèse que la patronne

de la France était la première féministe de l'histoire, ce qui lui valut la note la plus élevée attribuée par le jury, pourtant composé uniquement d'hommes. Cependant, contrairement à la sainte guerrière, ma mère est féministe seulement en paroles et dans sa salle de cours. Son discours de femme indépendante, maîtresse de sa destinée, ne tient plus à la maison. En famille, elle se comporte en épouse passive et résignée, se contentant de marmonner (existe-t-il pire forme de silence?) quand son cher mari laisse sa serviette traîner sur le plancher de la salle de bain, passe toutes ses soirées du samedi à jouer au hockey avec ses collègues de la clinique, ou oublie leur anniversaire de mariage.

Quand elle sut qu'elle était enceinte d'une fille, ma mère décida de lui donner le nom de la sainte. Mon père n'était pas d'accord : il tenait à nommer sa première fille Dalva, en l'honneur de sa mère, récemment décédée. Après maintes discussions et consultations avec la famille au grand complet, du Québec au Brésil, mes parents finirent par conclure un pacte biscornu pour me baptiser de ce chef-d'œuvre : Jeanne-Dalva! Mais ce ne fut qu'une trêve. Ma mère, qui ne s'entendait pas avec sa belle-mère, ne m'appelle que Jeanne, tandis que mon père, par pur entêtement, persiste à m'appeler sa petite Dalva.

Mes parents sont nés au Brésil. Ils se sont rencontrés au Québec, où ils avaient choisi de faire leurs études universitaires. La qualité de vie qu'ils trouvèrent ici leur plut tellement qu'ils décidèrent de s'y établir.

7

Je ne sais pas s'ils se disputaient déjà à cette époque, mais j'ai longtemps pensé que le choix de mon prénom avait contribué à ébranler leur mariage. Un jour, pour me déculpabiliser, je posai un geste extrême : en plein dîner, alors que mes parents s'échangeaient des piques à propos de l'assaisonnement du steak, je montai sur ma chaise et je jurai que, dorénavant, je me laverais les dents et me passerais la soie dentaire après chaque repas; que je ferais mon lit et mangerais mes légumes tous les jours, y compris le brocoli et le dimanche; que je n'oublierais plus de tirer la chasse d'eau ni d'éteindre la lumière de la salle de bain et que je ne pincerais plus mon frère quand il m'imitait! J'avais l'air d'une politicienne en pleine campagne électorale, candidate au poste de fille parfaite.

J'étais à me demander, en mon for intérieur, si j'aurais la force de tenir toutes ces promesses, quand, à mon grand soulagement, mon père – qui est dentiste, d'où le brossage de dents et la soie dentaire – me demanda de m'asseoir. Il m'expliqua ensuite, après m'avoir donné une pichenotte gentille au menton, que ce n'était pas de ma faute si maman et lui discutaient ainsi.

Pour la première fois depuis très longtemps, mes parents s'accordèrent. Ma mère renchérit en m'assurant que ce n'était la faute de personne. Beaucoup de couples passaient par des moments de crise; ce n'était pas la fin du monde. Question d'alléger l'atmosphère, elle nous encouragea à manger notre repas jusqu'au dernier grain de riz, parce que seuls ceux qui vidaient leur assiette auraient droit au dessert.

Et ce dessert était son fameux pouding au lait condensé, noyé dans une sauce caramel!

Cela aurait pu être un moment de grâce, à rêver en silence au pouding, mais il fallut que le fatigant d'Alex – mon frère a été nommé en l'honneur d'Alexandre le Grand – eût la charmante idée de demander : « Crise? C'est quoi cette bibitte-là? » Ce qui eut l'effet de rouvrir les hostilités entre le dentiste Nelson et madame Sonia : c'était à qui donnerait la meilleure définition de la crise conjugale, sur un ton chaque fois plus élevé.

Pour passer plus rapidement au dessert, mon frère a l'habitude de glisser en douce sa nourriture sous la feuille de laitue ou bien de vider ses restes dans l'assiette de grand-maman Nina. Mais ce jour-là, il employa une tactique plus risquée et, il faut bien le dire, dégoûtante! Mon estomac vira à l'envers en voyant mon frère fourrer riz, haricots et steak dans les poches de sa veste. Je vous le jure! Cet idiot cacha son dîner dans son uniforme! Il eut ensuite l'audace d'exhiber son assiette vide, de s'essuyer ensuite la bouche avec la serviette de table avant de demander à ma mère de servir le dessert.

C'est à ce moment-là que survint la catastrophe du jour! Lorsque ma mère revint de la cuisine, portant précautionneusement le plateau sur lequel tremblotait le pouding, Alex lui demanda, de but en blanc, si mon père et elle allaient se séparer. De quoi couper l'appétit, non? Je crus que mon père allait dire quelque chose, mais il s'étrangla et se mit à tousser, tandis que ma mère, énervée, laissa tomber le plateau, une pièce en cristal d'une très grande valeur, un cadeau de mariage.

Mon frère, qui avait saisi qu'il en avait fait une de trop, s'enfuit de la table, mais il ne se rendit pas très loin. En glissant dans la mare de caramel, il se cogna la tête sur le coin de l'étagère pour ensuite se retrouver sur le dos, dans le divan, répandant sur les coussins la nourriture qu'il avait enfouie dans sa veste.

L'incident se termina avec trois points de suture et une semaine sans jeux vidéo.

❀

Le summum du summum pour tous les garçons – du moins, ceux de ma classe – c'est d'avoir une belle barbiche bien fournie. Les sœurs de quelques-uns de mes camarades me racontèrent qu'ils passaient des heures devant le miroir à se barbouiller les joues de mousse à raser et à se passer le rasoir de chaque côté dans l'espoir de voir enfin pousser quelques poils. Même mon frère, du haut de ses malheureux huit ans, joue avec le rasoir électrique de mon père, pressé de parvenir à l'adolescence.

Pour nous, les filles, la chose est pas mal plus compliquée. Ce n'est pas de se raser le poil des jambes ou des aisselles qui nous fait sentir femme. En tout cas, ça ne fonctionne pas pour moi. Une fois, alors que j'accompagnais ma mère au salon de beauté de Solange, je saisis l'occasion de les harceler, tant et si bien, qu'elles m'offrirent une séance d'épilation à la cire chaude, oui, celle qu'on arrache d'un coup sec une fois qu'elle a refroidi et durci. Juste d'y penser, j'ai des sueurs froides! En plus de me retrouver avec une ecchymose à l'aine, je dus prendre un analgésique.

Bref, comme je disais, ce n'est pas du jour au lendemain que nous devenons femmes. Madame Leclerc, notre enseignante de français, nous a expliqué que l'adolescence était un carnaval d'hormones. Elle nous a assuré qu'il n'y avait pas d'âge normal pour les premières menstruations : dans la grande majorité des cas, cela survient entre l'âge de 9 et 14 ans, selon des facteurs génétiques, psychologiques, sociaux… et même alimentaires. En entendant cela, j'eus envie de lever la main pour lui demander s'il existait un régime particulier pour faire déclencher les menstruations. À la fin de l'année, j'aurai quatorze ans et, à ce jour, toujours rien. Pas la moindre gouttelette!

J'ai l'impression que madame Leclerc dut percevoir mon inquiétude, parce qu'à la fin de son exposé, elle me regarda droit dans les yeux et déclara qu'il ne fallait pas se stresser si les premières menstruations tardaient. Surtout, il fallait éviter de se comparer aux autres filles. Bien sûr, elle a raison, chaque fille a son histoire, blablabla… Sauf que je ne peux m'empêcher d'envier mon amie Juliette qui, bien que plus jeune que moi de trois mois, est menstruée comme les chutes Niagara. Ce qui lui donna droit à une augmentation de son argent de poche mensuel et lui permit de s'acheter un sac à main signé où mettre ses serviettes hygiéniques. Elle se paye même le luxe d'avoir des symptômes du syndrome prémenstruel (SPM)!

Si je deviens écrivaine un jour, je transformerai Juliette en un personnage de conte pour raconter le jour de ses premières règles. Ça irait à peu près comme suit : « Cela se passa en pleine nuit. Le soleil n'était pas encore levé quand, réveillée par un cauchemar, Juliette alluma sa lampe de chevet. Elle découvrit ses draps maculés de sang. Elle se mit à hurler, convaincue d'avoir été victime d'un assassin psychopathe, obsédé par les adolescentes rousses. Un fou rôdait à cette époque, du genre tueur en série. Toute la ville était sur les dents. Son père sauta du lit et se rua dans la chambre de Juliette, un couteau de cuisine au poing, pour la défendre du maniaque sexuel. Quand il comprit la raison du cri, il baissa son arme, poussa un soupir de soulagement et sortit dans le jardin. Peu de temps après, il revint dans la chambre de Juliette pour lui apporter la rose qu'il avait cueillie, ainsi que son déjeuner, composé de fromage, de yogourt, de fruits et de confitures. Le tout sur un plateau d'argent couvert d'une jolie serviette crochetée. Ah! Seigneur, existe-t-il papa plus gentil? »

Le problème, c'est que Juliette est encore trop bébé pour apprécier toutes ces délicatesses. Tellement bébé que le lendemain, quand sa mère lui remit un paquet de serviettes hygiéniques, elle trouva que ça pouvait devenir un jouet intéressant. Après en avoir glissé une dans sa petite culotte, elle utilisa le reste du paquet pour confectionner un matelas pour le petit lit de sa Barbie.

Solange, esthéticienne, ne dit que du mal des hommes. Sa théorie est simple : ils ne servent à rien, point final. Sauf, peut-être, pour tuer les araignées et changer les ampoules; ce n'est pas par hasard que les femmes préfèrent les hommes de haute taille.

Si Solange a cette opinion des hommes, c'est peut-être parce qu'elle a été abandonnée par son mari. C'était un de ces parasites allergiques au travail, même aux petits travaux domestiques comme serrer une vis ou changer une ampoule. Et, pour couronner le tout, il avait une peur maladive des araignées! Il se promenait toujours avec un journal sous le bras, feignant d'être à la recherche d'un emploi, mais son unique occupation était de charmer la clientèle du salon de beauté de Solange. Bref, il fila avec une employée du salon après avoir vidé la caisse et atteint la limite de la carte de crédit de la pauvre, au propre comme au figuré, Solange.

Elle resta au lit pendant des jours, usant quantité de papiers-mouchoirs, de quoi remplir un vaste conte-neur. Elle pensa même fermer son salon et retourner dans sa région natale. Elle sortit de sa dépression en regardant à la télévision un reportage sur les dommages que les pleurs causaient à l'organisme, c'est-à-dire rides, vergetures, cheveux blancs, affaissement des seins et peau grasse, propice aux boutons.

Solange se rendit alors jusqu'au miroir de la salle de bain et interpella son propre reflet : « Veux-tu que je te dise? Ce misérable n'est pas digne de notre souffrance. Aucun homme ne l'est. » Le lendemain, elle se leva de bonne heure, prit un long bain et se rendit au salon en sifflotant. Pendant plus d'un an, elle travailla comme une esclave, sans dimanche, sans magasinage et sans cinéma, afin de rembourser la dette laissée par son parasite d'ex-mari. Peu à peu, elle parvint à reprendre le dessus, puis à augmenter sa clientèle jusqu'à devenir la propriétaire du salon le plus chic du quartier. Pour obtenir un rendez-vous, il faut s'y prendre des jours et des jours à l'avance. Sans compter que le téléphone est toujours occupé. Quand enfin on obtient la communication, c'est Angèle, la réceptionniste, qui répond de sa voix d'automate : « Salon de beauté Solange, bonjour! Que puis-je faire pour vous? »

Ma mère se rend toujours au salon après une dispute avec mon père. Je pensais qu'elle voulait se sentir plus jolie, mais je compris vite que ça n'avait rien à voir avec la vanité. Bien sûr, elle se payait un traitement complet de manucure, vernis de base inclus. Mais le but véritable de la visite au salon était de découvrir ce que le destin lui réservait. C'est que Solange, en plus d'être esthéticienne, était un peu tzigane et lisait dans les lignes de la main. Ses clientes payaient le soin des ongles, mais découvraient en prime ce que l'avenir leur réservait.

C'est donc pour connaître l'avenir de son mariage que ma mère, après avoir brisé son plateau de cristal, téléphona au salon; essaya de téléphoner, en fait. Elle avait beau taper les touches du clavier, elle ne parvenait pas à composer le numéro et elle m'implora de lui venir en aide avant qu'elle ne balance le téléphone par la fenêtre.

Les oreilles me chauffaient quand Angèle décrocha enfin pour m'annoncer qu'il ne lui restait plus qu'une place, en fin de semaine, grâce à une annulation de dernière minute. Je commençai à transmettre le message à ma mère, mais elle ne me laissa pas finir : elle m'arracha le téléphone des mains et se mit à hurler que c'était une question de vie ou de mort, que son mariage en était à la dernière extrémité et que si elle n'était pas reçue le jour même, elle mettrait le feu au salon de beauté.

Ma grand-mère adorait improviser des chansons en cuisinant et faire des promenades matinales. Elle était membre d'un club où elle pratiquait la danse sociale. C'était avant qu'un accident vasculaire cérébral ne lui efface la mémoire et ne lui enlève une bonne partie de sa motricité. Elle a bien participé à quelques séances de physiothérapie, mais elle n'avait pas la patience de répéter les exercices et n'est parvenue qu'à réapprendre à manger de la soupe. Maintenant, elle passe tout son temps au lit, fixant le plafond ou grattant la peinture du mur avec ses ongles. Elle ne sort plus de sa chambre qu'appuyée sur une épaule, habituellement la mienne, et ne reconnaît presque plus personne.

Une personne dans cet état aurait besoin d'une assistante 24 heures sur 24, mais les candidates semblent trop blondes ou trop jeunes ou trop grandes ou trop décolletées, bref, semblent toutes afficher des défauts impardonnables aux yeux d'une épouse peu sûre d'elle. Ma mère prétend vouloir réduire les dépenses du ménage. Je n'en crois rien. Seule la jalousie justifie tant de peines : en plus de donner ses cours à l'université, ma mère assure être en mesure de prendre soin de ma grand-mère, de préparer les repas et de faire le ménage. Or, il semble que Super Sonia ne puisse être à deux endroits en même temps. Si bien qu'elle finit par s'en remettre à moi. Comme je ne cuisine pas et que je suis allergique à la poussière, ma tâche est de passer les fins d'après-midi avec grand-maman Nina.

Mais pas ce *jour-là*. Quand ma mère raccrocha et sortit de la maison en maudissant le destin, je me sentis dans l'obligation de la suivre. Tant pis pour l'école cet après-midi! Je verrouillai la porte à double tour, en implorant sainte Jeanne d'Arc de protéger ma grand-mère, et sans attendre l'ascenseur, je dévalai les marches de l'escalier et rejoignis ma mère qui tournait justement le coin de la rue à la vitesse d'un ouragan.

Mon père ayant pris la voiture pour amener Alex à la clinique, nous nous rendîmes à pied jusqu'à la grande maison de Solange. Elle habite le rez-de-chaussée avec son fils, tandis que son salon de beauté occupe tout l'étage.

La promenade eut l'heureux effet de refroidir la tête de ma mère, d'évacuer sa colère. Elle entra au salon en disant bonjour, se pencha par-dessus le comptoir pour murmurer des mots d'excuse à l'oreille d'Angèle, qui alla chercher sa patronne.

Je m'apprêtais à attendre, mais Solange, qui sentait bien que ma mère avait besoin d'attention, arriva tout de suite, toute gentille. Elle nous invita à prendre place sur le divan, nous servit du café en nous promettant qu'elle pourrait s'occuper de nous bientôt.

Solange était occupée avec une cliente, une certaine Julie, qui lui racontait dans les moindres détails sa plus récente chirurgie esthétique. Je me foutais bien de savoir la quantité de silicone injecté dans chacun de ses seins, la durée ou le prix de son séjour à la clinique. Au bout d'un moment, je fermai les yeux pour faire semblant de dormir. Je m'imaginai alors combien il serait merveilleux si quelque savant fou inventait une télécommande pour les gens : un petit instrument portatif qui tiendrait dans une pochette et qui aurait les mêmes fonctions qu'une télécommande de téléviseur. En appuyant sur la touche « Sourdine », je pourrais couper le son des voix de mon père et de ma mère quand ils se disputent. La touche « Pause » serait une bonne façon de bloquer les irritantes taquineries d'Alex à mes

17

dépens. Enfin, dans les cas les plus lourds, comme celui de cette cliente, je n'hésiterais pas à appuyer sur le bouton « Éteindre ».

Ma rêverie fut troublée par l'entrée dans le salon de Freddy, le gros chien bâtard du fils de Solange. En aboyant de sa voix caverneuse, il fit presque mourir de peur la synthétique Julie. Solange n'avait pas encore terminé son traitement, mais cette dinde bondit de la chaise et sortit du salon si effrayée qu'elle en oublia de payer.

C'est injuste de définir quelqu'un en un seul mot, mais si j'avais à choisir un adjectif pour le fils de Solange… Silencieux? Non, non. Silencieux, c'est encore peu dire. Muet, peut-être. Junior n'ouvre jamais la bouche, ne serait-ce que pour bâiller. Ça fait des années que nous sommes dans la même classe, depuis toujours, en fait, mais nous n'avons jamais eu une vraie conversation – seulement des « Salut », « Bye », pas plus. Les rares fois où j'ai essayé de pousser un peu plus loin, il ne me répondait que par monosyllabes, sur un ton neutre, les yeux baissés.

Solange a déjà dit à ma mère que le silence de Junior était une réaction à l'indifférence de son père. Depuis que ce dernier avait levé le camp avec son baluchon, le garçon se sentait plus à l'aise. Il s'était inscrit à l'équipe de hockey cosom de l'école et avait commencé à participer aux fêtes des copains. Mais il demeurait timide. Il était très gêné en présence des clientes et ne pénétrait dans le salon de beauté qu'en cas extrême – c'est-à-dire presque toujours pour rattraper son chien lorsqu'il sautait par-dessus la barrière de la cour.

De fait, Junior venait d'entrer pour récupérer Freddy, après que ce dernier eut la bonne idée de grogner sous le nez de la Julie. C'était triste de voir le pauvre Junior courir après le chien à travers ce harem. Lorsque je vis ses lèvres commencer à frémir, je pensai que c'était un mouvement de nervosité. À moins que… était-il en train de me rire au visage?

C'est que je me retrouvais dans une situation plutôt comique. Freddy, après avoir fait la tournée du salon en reniflant les sandales et les mollets, avait sauté sur le divan et s'était affalé à moitié sur moi. S'il avait été une petite bête, pas de problème, mais comment bercer un chien de la taille d'un pit-bull? Junior, sentant ma peur, me dit que Freddy n'était pas méchant, qu'il m'avait choisie parce qu'il m'aimait bien. Le compliment me calma. Je me risquai, au ralenti, à lui faire une caresse, qui me donna droit, en échange, à un beau grand coup de langue baveuse dans le cou.

Junior claqua des doigts et Freddy sortit avec lui. Solange, en s'assoyant à nos côtés, nous demanda d'excuser cet incident. Ma mère passa directement au vif du sujet, lui racontant tous les détails du dîner : la discussion avec mon père, le plateau de cristal brisé, le pouding répandu dans la cuisine et la tête fendue d'Alex. Tout cela en chuchotant, évidemment, pour déjouer l'ouïe fine des clientes les plus commères. À la fin de son récit, elle tendit sa main à Solange pour connaître ce que sa ligne de l'amour lui réservait. Ou ce qu'il restait de l'amour.

C'est à ce moment que je pensai à grand-maman Nina, toute seule à l'appartement. Et si elle avait besoin d'aller à la salle de bain? Peut-être avait-elle faim? Et si elle était en train d'avoir une de ses crises de toux qui commençaient tout bonnement par un simple raclement de gorge pour se terminer par des bronches en feu? Pour me changer les idées, je commençai à feuilleter une revue. Pendant que je parcourais les potins sur les vedettes, je remarquai que Solange semblait très intéressée, elle aussi. Mais pas par le potinage sur les téléromans du moment. Ce qui l'intéressait, c'était ma main gauche, posée sur l'appuie-bras du divan, la paume vers le haut. Distraite par ma paume, Solange n'écoutait plus le blablabla de ma mère. Elle ne put s'empêcher de me dire que ma ligne du destin avait un tracé très particulier.

Je n'avais jamais prêté beaucoup d'attention aux prédictions des cartomanciennes, tziganes, voyantes, sorcières, enfin, de toute cette tribu ésotérique en syntonie avec l'au-delà et les énergies cosmiques pour tenter de prédire ce qui pourrait se produire demain. Vraiment! Je pense que, de toute façon, l'avenir, ce n'est pas notre affaire. Si une fille apprend qu'une merveilleuse surprise l'attend, du genre connaître une folle passion avec un millionnaire grec ou gagner à elle toute seule le gros lot accumulé de Lotto Max, elle risque de rester là à attendre la fortune, les bras croisés. Ou bien, si au contraire, elle est persuadée qu'une catastrophe l'attend, par exemple, la chute d'une météorite, le résultat est le même : elle va rester là, à ne rien faire d'autre que fixer le ciel, jour et nuit, et à sursauter au moindre caillou qui roule sur le toit.

Malgré mon peu de foi, Solange me prit le poignet et passa son bel ongle verni sur la paume de ma main. Elle resta un moment en silence, la bouche entrouverte et les yeux humides, et avoua n'avoir jamais lu un avenir si… elle s'arrêta, nous laissant en suspens, comme si elle cherchait un adjectif à la hauteur de mon destin.

« Un avenir si quoi? » demanda ma mère, craignant que le malheur ne m'attende au coin de la rue. J'eus envie de rire, mais je me dis qu'un éclat de rire pourrait gâcher cette ambiance d'encens indien. Solange respira profondément et finalement révéla que j'avais… quelque chose… une grande force… un pouvoir!

Ma mère et moi restâmes bouche bée : un pouvoir? quel pouvoir? le pouvoir de faire quoi?

Solange embrassa ma main et affirma que je possédais le don de tout accomplir. Mon destin écrit dans les lignes et entre les lignes de ma main n'avait pas de limites. Par le pouvoir de mon imagination, je pouvais tout accomplir.

Les yeux de ma mère se mirent à briller : « Veux-tu dire que Jeanne serait capable, par exemple, de sauver mon mariage? »

21

LE POUVOIR DE *jeanne*

Solange affirma que, si je le voulais, je pourrais sauver le monde. Elle ne pouvait en dire davantage, la cliente de 16 heures était arrivée. Le moment était venu pour la voyante de redevenir esthéticienne.

Un perçage coquin

Je n'aurais pas dû laisser grand-maman Nina toute seule. De retour à la maison, nous la trouvâmes dans sa chemise de nuit tachée de soupe. Le plancher était plein d'éclats de verre et de flaques blanches. Elle avait vraisemblablement eu soif et avait renversé le verre de lait que je lui avais laissé sur la table de nuit.

Pendant que ma mère courait à la cuisine pour prendre le balai et le porte-poussière, je soulevai grand-maman Nina et nous nous rendîmes à la salle de bain. Il était temps : sa culotte était déjà à moitié mouillée. Je lui retirai délicatement sa chemise de nuit et je remarquai ses seins flétris, presque vides. Les bouts ressemblaient à des boutons d'acné, prêts à éclater. Au lieu d'inventer du viagra et autres stimulants typiquement masculins, les scientifiques devraient se préoccuper un peu plus du vieillissement des femmes. Et si, pour changer, les laboratoires travaillaient à synthétiser un silicone sécuritaire, sans risque de rejet ou d'autres effets secondaires, spécialement destiné aux femmes du troisième âge?

23

« Grand-maman Nina ne doit jamais être laissée à elle-même », me rappela ma mère, en maugréant. J'avais envie de lui rétorquer qu'on ne renversait pas un verre de lait par exprès, mais je me mordis les lèvres pour éviter la discussion. Je voyais bien qu'elle attendait des nouvelles d'Alex et qu'elle était inquiète parce que le cellulaire de mon père ne répondait pas. Une fois le parquet nettoyé, elle m'aida à savonner, rincer, sécher ma grand-mère, puis à l'habiller et à la coiffer.

La sonnette résonna. Lorsque j'ouvris la porte, Juliette apparut devant moi. Je me rappelai d'un coup que nous avions un travail en histoire à faire.

***

Un travail en équipe : Juliette, moi et une autre fille, Danyelle. Il faut savoir que cette dernière croit posséder la vérité absolue. Du genre à ne porter aucune attention à ce que disent les gens sauf pour relever quelques petites erreurs d'accord qu'elle prend plaisir à corriger devant tout le monde. En fait, tous appellent cette Danyelle, Dany. Les gars de ma classe bavent devant elle, seulement parce qu'elle est blonde – teinte, sûrement – et susurre d'une voix un peu rauque. « C'est tellement sensuel… », soupirent ces idiots. Ah! oui, et elle tient mordicus au « y » de son prénom : elle trouve ça tellement « unique ».

En fait, la principale raison de sa popularité, c'est qu'elle fait tout pour se faire remarquer. Le pire, c'est que ça marche.

Se faire percer est devenu très courant. Plusieurs filles de ma classe ont cédé à la mode et se sont fait percer un sourcil, une narine, les oreilles, le nombril ou même la langue. Moi-même, j'ai eu envie d'accrocher une petite breloque – un cadeau de grand-maman Nina – sous ma lèvre inférieure, mais un vilain bouton a retardé mes plans. Une fois le bouton guéri, l'envie m'avait passé.

Comme je le disais, Dany tient à prouver qu'elle est différente des autres. La semaine dernière, elle arriva en retard en classe et, sans cérémonie, interrompit la prise de présence pour annoncer qu'elle s'était fait percer à un endroit secret du corps. Elle réussit même à piquer la curiosité du professeur : qu'avait-elle encore inventé ? Dany balança son sac sur le pupitre et déclara qu'elle ne dirait rien de l'endroit où elle avait accroché son petit anneau d'or, puisque c'était son secret.

Imaginez maintenant le niveau de testostérone des gars, et pas seulement ceux de ma classe. En effet, la nouvelle se répandit vite dans toute l'école. Ce fut le sujet de la semaine. Toute l'espèce masculine fantasmait sur l'endroit de son corps, interdit aux mineurs, où elle avait bien pu accrocher le fameux bijou. Cette curiosité contamina même quelques filles qui se cachèrent derrière les cases du vestiaire pour essayer de découvrir le secret de Danyelle pendant qu'elle se changeait pour le cours d'éducation physique. Mais ce jour-là, elle portait un collant sous son uniforme.

Cette histoire de perçage secret ressemblait pas mal

à de la publicité trompeuse. Danyelle jurait que le petit anneau existait bel et bien, parfaitement camouflé. Pour le prouver, elle lança un défi, les pouces bien calés dans sa ceinture : celui qui percerait le secret gagnerait le droit de lui donner un baiser… à l'endroit en question!

Les gars profitèrent de la récréation pour tenir une assemblée et, après discussion, décidèrent d'organiser une loterie : chaque élève pouvait choisir une seule et unique partie du corps. Si deux élèves ou plus choisissaient la même partie, la question se réglerait au bras de fer.

Le nombril a bien sûr reçu le plus grand nombre de paris, mais ne battant l'aine que par deux voix. Ce sont les plus costauds de l'école qui se disputèrent chaudement ces régions du corps, et quelques autres parmi les plus nobles, ne laissant aux autres que les restes. Personne n'avait envie de miser sur un perçage à la plante du pied ou au palais. Les plus maigrelets et les plus petits essayèrent en vain de protester contre cette manière de départager les votes, ce qui ne les empêcha pas de participer au concours.

Le suspense prit fin après le dernier cours du vendredi. La cloche avait à peine sonné que notre salle de cours fut envahie par des élèves de tous les niveaux. Dany prit son temps avant de se lever de son pupitre pour monter sur l'estrade afin d'être vue de toutes et tous. Elle annonça tout de suite que son secret n'était pas dans sa culotte ou son soutien-gorge, comme tant de garçons en rêvaient : elle avait plus d'imagination que ça. Assise sur le bureau du prof, elle retira lentement, en sifflotant pour masquer sa nervosité, son espadrille. Puis, elle baissa sa chaussette pour montrer un minuscule anneau doré… accroché au talon!

Dany avait combiné cette loterie sensuelle juste pour que Louis-Auguste gagne le gros lot. Elle s'était imaginé toute la gloire qui rejaillirait sur elle si le plus beau gars de la classe, de l'école, du pays et de la planète s'agenouillait à ses pieds, devant tout le monde, pour déposer un baiser sur son talon! On disait même que cette exhibitionniste avait envoyé un courriel à Gus avec une photo du perçage au talon, mais, apparemment, le fichier contenait un virus ou l'ordinateur faisait défaut ou le message s'était perdu. Bref, la machination n'avait pas fonctionné.

Le responsable de la liste des paris était Mikaël, le représentant de la classe. Lorsque le résultat fut dévoilé, quelqu'un cria « Le gagnant est là! », en pointant du doigt à travers la fenêtre.

Junior était assis au comptoir du casse-croûte à manger un sandwich au poulet pour combler le creux qui le tenaillait. Il n'avait participé à la loterie que sur l'insistance des camarades, mais en espérant, de toute son âme, perdre, afin d'éviter l'humiliation d'avoir à donner un baiser à cette fille devant la foule assemblée. C'est certainement pour cette raison qu'il avait choisi le talon, en pensant qu'une personne « normale » n'introduirait jamais un anneau à cet endroit-là.

27

En voyant Junior entrer dans la classe, tiré de force par la troupe de machos verts de jalousie, Dany fit une moue de dégoût et se mit à contester le résultat, affirmant que le gagnant devait avoir précisé le talon droit ou gauche. Or, la liste ne comportait que deux colonnes, l'une comportant le nom des participants, l'autre, la partie du corps choisie, et selon les règlements du concours, on n'exigeait pas de spécifier le côté. Qu'est-ce que ça pouvait faire si Junior avait imaginé le talon droit plutôt que le gauche? La foule voulait voir l'attraction. On mit Junior à genoux devant Dany qui, contrariée et glaciale, ordonna un baiser rapide et la bouche fermée.

Les jeunes entassés dans la classe forcèrent Junior, en criant « un bec! un bec! », à subir son martyre. Il ferma les yeux et commença à se pencher. C'est à ce moment que quelque chose d'inimaginable arriva. Tout à coup, le pauvre Junior s'étouffa avec un bout de son sandwich et se mit à tousser en crachant des morceaux de poulet sur le pied de Dany. Cette dernière se mit à grimacer de plus belle, à traiter Junior de dégoûtant et à hurler que s'il n'était même pas capable de donner un simple baiser, il ne méritait pas un prix... d'une telle valeur!

Dépitée, elle promit de se faire un nouveau perçage à un endroit encore plus secret. Et cette fois-là, le gagnant aurait droit à deux baisers : un à l'endroit secret et l'autre sur la bouche! Là-dessus, elle reçut une ovation monstre.

Je ne sais pas pourquoi je perds mon temps à parler de cette Dany. Elle ne mérite pas plus qu'un très bref paragraphe, à peine un commentaire sans adjectifs, mais c'est difficile d'encaisser sans rien dire l'arrogance de cette fille. Je pense que je me sentirais mieux si je pouvais en jaser avec une amie. Mais qui? Les conseils de Juliette ne valent que pour ses poupées. Quant à ma mère, elle se débat déjà avec assez de problèmes sans avoir à me consoler. Il ne me reste donc que grand-maman Nina qui, bien qu'elle ne semble plus comprendre ce que je lui raconte, demeure une bonne oreille. Lorsque je me sens le cœur lourd, je m'assois sur le bord de son lit et je lui demande si elle pense qu'un jour Gus me remarquera, m'aimera, me rendra heureuse, malgré la jalousie de Dany et de toutes les autres filles de l'école. Je serre bien fort la main de grand-mère, espérant un bon vœu, un conseil, une parole quelconque… mais elle reste à fixer le plafond ou à écailler le mur avec ses ongles.

Sur la table de nuit de grand-mère Nina est posée une photographie d'elle avec mon grand-père Plínio, en pédalo, pendant leur lune de miel. Ont-ils été heureux? Ça me ramène au cours d'histoire et à notre travail d'équipe. Monsieur Paul, notre professeur d'histoire, prétend que les disputes conjugales sont un phénomène récent, qu'elles constituent une espèce d'effet collatéral du mouvement féministe. Ce n'est pas que les mariages étaient plus heureux avant, non, mais comme c'était l'homme qui subvenait aux besoins de la famille, il avait toujours le dernier mot et c'était réglé. Il ne restait plus à la femme que deux échappatoires : pleurer tout bas en enfouissant son visage dans l'édredon pour que son mari ne s'en aperçoive pas ou bien préparer, pour un souper-surprise à la chandelle, le plat préféré du maître de la maison, saupoudré d'une pincée de verre moulu.

Notre professeur estime que l'entrée des femmes dans le marché du travail fut fondamentale dans leur lutte pour l'égalité des droits. Le sexe dit faible reprit du poil de la bête quand il commença à gagner de l'argent.

L'histoire avec un grand H ne m'intéresse pas beaucoup, je préfère en inventer. Cependant, ce jour-là, je ne pus m'empêcher de lever la main pour donner mon opinion sur l'évolution des humains : si les femmes avaient passablement changé, les hommes étaient toujours les mêmes. Par exemple, à la maison, ma mère et mon père travaillent autant l'un que l'autre, pourtant, à la fin de la journée, mon père s'affale sur le divan pendant que ma mère doit encore préparer le souper, dresser la table, faire les lits et aider mon frère à faire ses devoirs. Exactement comme dans l'ancien temps, non? Comme nous en étions à la partie Moyen Âge du plan de cours, j'ai illustré mon propos avec la guerre de Cent Ans. Après avoir passé toute la journée sur le champ de bataille, pas un soldat n'avait le courage d'aider sa femme à laver la vaisselle, à étendre le linge sur le séchoir : encore moins de discuter de leur relation.

Évidemment, ce ne sont pas tous les hommes qui en sont restés au Moyen Âge. J'allais donner l'exemple de quelques rares hommes – dont le père de Juliette, sûrement! – qui partagent les tâches domestiques avec leurs conjointes, mais un éclat de rire insolent m'interrompit. C'était la Danyelle qui, s'enroulant une mèche de cheveux derrière l'oreille comme elle le faisait toujours quand elle s'apprêtait à faire la fin finaude, entreprit de défaire mon argument en précisant que, premièrement, le conflit entre l'Angleterre et la France avait duré de 1337 à 1453, soit 116 ans et non 100. Ensuite, si un soldat avait guerroyé pendant tout le conflit, il aurait fallu qu'il soit entré dans l'armée encore bébé, pour se retrouver, vers la fin du conflit, perclus de rhumatismes, tenant à peine sur sa canne, incapable donc de manipuler une épée. Enfin, cette guerre avait été interrompue par de nombreuses trêves.

Tout ça avait l'air spontané, mais étant assise sur le côté de la classe, j'ai bien vu qu'elle lisait à haute voix ses notes de cours. Seul le professeur ne se rendit compte de rien, agréablement décontenancé par ce brillant exposé.

C'est à la fin de ce cours que monsieur Paul nous donna un travail à remettre la semaine suivante : rédiger une courte biographie d'un personnage marquant du Moyen Âge. Je n'hésitai pas une seconde : aucun personnage de cette époque ne fut plus fascinant que Jeanne d'Arc. Maintenant, l'équipe? Elle devait être composée de trois personnes au maximum. J'ai aussitôt pensé à Juliette et à Gus.

Le problème, c'est que déjà une douzaine de filles se battaient pour faire équipe avec lui. Devant ce chamaillage, monsieur Paul s'impatienta et décida de former lui-même les équipes sans demander notre avis. Juliette et moi nous sommes retrouvées ensemble, mais également en compagnie de cette plaie de Danyelle.

Sur le coup, j'eus envie de lever la main, de monter sur le pupitre pour rappeler que nous vivions dans un pays libre, qu'on ne pouvait accepter une telle règle arbitraire et, qu'au nom de la démocratie, je revendiquais le droit sacré de choisir mon groupe.

Mais je restai là, sans mot dire : comment s'opposer au beau monsieur Paul ?

Notre professeur d'histoire est si beau – encore plus beau que Gus, je dois l'admettre – que ma protestation s'évanouit dans un souffle. Beau, c'est peu dire ! Vraiment, je ne crois pas qu'il existe un mot pour exprimer la beauté de ce visage. Et le corps, donc ! Le mélange de sa musculature de guerrier spartiate et de son intelligence de philosophe athénien nous donne l'impression d'être véritablement devant un dieu grec. Nous, c'est-à-dire les filles de la classe, l'appelons entre nous, monsieur Paul l'Apollon. Madame Sicotte, la directrice de l'école, se plaint que les filles n'atteignent même pas la moyenne en histoire, alors que les garçons réussissent bien. Je crois qu'elle ne comprend rien à la mythologie grecque et encore moins à la psychologie féminine. Lorsque Apollon se met à parler, sa voix de velours rouge provoque un frisson hypnotique; il devient alors impossible de se concentrer complètement sur le cours.

Notre professeur d'histoire évoque aussi un dieu grec par un autre aspect de sa personnalité : la solitude. Bien que légèrement grisonnant, il ne paraît pas avoir plus de 40 ans. Beaucoup pensent que tout homme de cet âge doit être marié ou, du moins, divorcé, mais si le pauvre est célibataire, on soulève très vite un doute quant à son orientation sexuelle.

Ce qu'on racontait au sujet d'Apollon était tout le contraire. Selon les potins de corridor, le professeur fut un amant irrésistible et cruel, de ceux qui rendent les femmes folles et disparaissent, fuyant l'engagement, avant que celles-ci ne menacent d'abandonner leurs familles ou de sauter du vingtième étage. J'ai bien dit *fut*, au passé simple. Un jour, une collègue de travail au charme exceptionnel l'enchanta. Convaincu d'avoir trouvé la femme idéale, il demanda à cette Cendrillon de l'épouser. Elle avait accepté sans trop réfléchir : qui aurait dit non à Apollon? Sauf que, au moment fatidique, elle sauta dans un taxi, encore revêtue de sa robe de mariée, et ordonna au chauffeur de la conduire à l'aéroport pour ensuite disparaître sans jamais donner de nouvelles. Selon une autre version, plus cruelle, Cendrillon avait envoyé à Apollon une carte postale de Paris où elle avouait, qu'après mûre réflexion, elle lui avait préféré un mari plus… comment dire? Millionnaire!

Depuis, Apollon ne s'était plus intéressé à aucune autre. Après l'école, il se retirait dans l'Olympe de banlieue où il demeurait : un deux-pièces rempli de livres, mais sans téléphone ni Internet. Un Olympe digne de ce nom ne peut abriter ce genre de technologie. On ne lui connaissait pas d'amis, de famille, encore moins d'amoureuse. Le traumatisme lui avait fait couper tous les ponts avec le monde et il n'admettait personne dans son intimité – surtout pas de femmes. On racontait même que, pour se garder à distance d'elles, il en était arrivé à la résolution absurde d'exclure tout auteur féminin de sa bibliothèque.

※

Mais revenons-en au travail d'histoire. Ma mère, qui l'enseigne elle-même, possède plein de livres et pouvait nous donner un bon coup de main pour le travail. C'est pourquoi je proposai de faire une réunion chez moi. Mais Danyelle n'était pas d'accord, comme d'habitude. Elle affirmait que les livres étaient choses du passé. Maintenant, grâce à Internet, il suffisait d'entrer dans un site de recherches, de taper un mot-clé et, au bout de quelques secondes, on avait sous la main notre sujet déjà résumé, mâché et avalé. Il n'était plus nécessaire de perdre son temps à feuilleter de vieux livres remplis de mites et d'acariens tout juste bons à provoquer des allergies. Tout ce beau discours n'avait pour but que de pouvoir se vanter de son ordinateur de la dernière génération aux milliards de mégaoctets de mémoire et je ne sais quoi encore.

Comme future écrivaine, je me retins à deux mains pour ne pas traiter Danyelle d'ignorante crasse, de paresseuse illuminée à tendance hypocondriaque et de lui opposer que l'ordinateur ne remplacerait jamais le livre, pas plus que le cinéma n'avait remplacé le théâtre ni que la télévision n'avait tué la radio. Heureusement, je n'eus pas à gaspiller ma précieuse salive. Juliette, sentant que j'étais sur le point d'exploser, s'interposa en disant qu'elle préférait que la réunion ait lieu chez moi. Nous étions donc en majorité.

Danyelle semblait peu familière avec l'esprit de la démocratie, parce qu'elle arriva chez moi en retard. À peine entrée, elle annonça qu'elle ne pouvait pas rester longtemps. C'était justement cet après-midi qu'elle se faisait faire son nouveau perçage et que Juliette et moi devions nous taper le travail… Mais surprise! Il ne restait plus grand-chose à faire. Elle sortit de son sac un paquet de feuilles en avouant avoir recouru à sa recette habituelle. Elle avait tiré de sites Internet des textes, des citations et des images, puis avait imprimé sa salade pour obtenir, le temps de le dire, une bio-graphie de Jeanne d'Arc. Il ne manquait que la fin, la scène du bûcher : « J'avais trouvé un site qui racontait dans les moindres détails comment le feu avait dévoré son corps, on aurait dit un film, mais mon imprimante manquait d'encre et je n'ai pas eu le cœur de copier tout ça à la main. »

Juliette n'aimait pas trop l'idée : « Et si Apollon découvre que nous avons copié? » Danyelle avait sa réponse toute prête : « Internet est fait exprès pour ça, ma chère. Pour copier librement. »

Pendant que Juliette mordillait le bouchon de son stylo, en se demandant si elle signerait ce travail, Danyelle lâcha un long bâillement au bout duquel elle se plaignit qu'un terrible dilemme l'avait empêchée de dormir : où mettre le nouveau perçage? Elle s'avachit alors effrontément sur mon lit, prit mon vieil ourson dans ses bras et nous demanda quelle partie du corps serait la plus sexy ornée d'un anneau d'or : la langue, la nuque ou l'aisselle.

En entendant le mot aisselle, Juliette éclata de rire en disant : « si j'avais un anneau à l'aisselle, je passerais la journée à me tortiller : je suis trop chatouilleuse! » Danyelle la fixa froidement avant de me demander mon avis. La langue me brûlait de lui suggérer un grand anneau lui fermant les deux lèvres, afin qu'elle ne dise plus de conneries. Je masquai ma rage sous mon plus beau sourire pour préserver la survie de l'équipe et je commençai à lire son chef-d'œuvre. Mais Danyelle avait besoin de parler : « Ah! Si j'avais le courage de me faire percer à l'aine… T'imagines, si c'est Gus qui gagne cette fois-ci? »

Je continuai de lire, comme si de rien n'était, une biographie que je connaissais déjà par cœur. Toute petite encore, quand je demandais une histoire à ma mère avant de m'endormir, elle me racontait toujours celle de cette fameuse paysanne qui, à treize ans, commença à avoir des visions et à communiquer avec l'au-delà, mais plus particulièrement avec saint Michel, sainte Catherine et sainte Marguerite. Certaines personnes pensaient que ses voix et ses visions étaient le produit d'une imagination adolescente, peut-être causées par un déséquilibre hormonal ou même liées au SPM, qui à cette époque ne portait pas ce nom et encore moins cette abréviation. La petite ne se souciait pas de ces racontars. Elle s'était persuadée qu'elle était née pour une tâche héroïque : refouler hors de la France les Anglais qui occupaient la majeure partie du territoire. Forte de cette conviction, elle quitta son village et trouva le moyen d'être reçue par non moins que le roi Charles VII. À l'écouter raconter au roi la mission qu'elle avait reçue de Dieu, la noblesse rassemblée se mit à ricaner. Il suffit d'un léger raclement de gorge du roi pour que tous se taisent. Hautement impressionnée par la détermination de la jeune fille, Sa Majesté, à la stupéfaction générale, lui confia le commandement d'une petite armée.

La renommée de la paysanne se répandit dans toute la région. En route vers le champ de bataille, elle gagna l'adhésion de centaines, de milliers de soldats et réussit l'exploit de libérer la ville d'Orléans. À la suite de cette victoire, Jeanne d'Arc fut surnommée la Vierge d'Orléans et reçut l'honneur de mener le cortège du couronnement de Charles VII jusqu'à la cathédrale de Reims. Puis, le sort vira de bord. En tentant de reconquérir Compiègne,

LE POUVOIR DE Jeanne

Jeanne fut faite prisonnière par les Anglais. Elle fut jugée hérétique par l'Inquisition qui la condamna à périr sur le bûcher à 19 ans, sans pouvoir être témoin de la victoire des Français dans la guerre de Cent Ans. Il fallut à l'Église plus de vingt ans pour admettre qu'elle avait brûlé une innocente et quelques siècles pour enfin sanctifier la prétendue sorcière.

Au lieu de m'endormir, ce conte incroyable m'électrisait. Pas surprenant que mon homonyme (enfin, mon demi-homonyme) ait inspiré tant d'écrivains, de peintres, de dramaturges et de cinéastes… et, surtout, les professeurs d'histoire, qui ne perdent jamais une occasion d'imposer à leurs élèves la rédaction d'une biographie de l'héroïne.

Cela dit, il n'était pas nécessaire de s'appeler Jeanne ni d'avoir une mère historienne pour s'apercevoir que le travail de Danyelle était rempli de mauvais raccords, d'approximations, d'âneries et de grossières erreurs : une courtepointe de retailles de toutes les dimensions et couleurs, vite et mal raccommodée.

À peine ma lecture achevée, Danyelle me demanda mon opinion sincère. J'essayai de l'exprimer le plus diplomatiquement possible : « Ça donne un texte pas mal… schématique, et puis, comme tu le disais, il manque l'épisode du bûcher. » Elle s'impatienta. « Laisse faire le travail, Jeanne! Réveille, je te parle de mon perçage. Oserais-tu t'accrocher un anneau à l'aine? »

Là, elle dépassait mes limites : « Écoute don', Danyelle avec un "y", ce n'est pas pour parler de ton aine ou de tes aisselles qu'on est ici! »

Je fis exprès d'insister sur le « y » pour la piquer. « Tu peux bien parler Jeanne-Dalva » rétorqua-t-elle en faisant un « a » bien gras. « T'es juste jalouse parce que ton Gus a l'œil sur moi; il a été un des premiers à s'inscrire à mon concours de perçage. » Je lui rappelai que Gus était un gars comme les autres et que tous les gars de l'école, même le petit garçon de dix ans de la cuisinière de la cafétéria, avaient participé à sa loterie.

Danyelle resta là à me fixer avec ses grands yeux outrés. Puis, tout à coup, elle jeta mon ourson sur le mur, en se frottant le nez et en prétendant qu'elle était allergique aux peluches, aux vieux livres et encore plus aux fausses amies, et elle quitta la chambre en lâchant un soupir exaspéré.

❀

Sans se préoccuper de moi, Juliette continuait de flatter l'ourson, lui susurrant que c'était pure lâcheté de lancer sur le mur un petit animal si douillet. Lâcheté et péché! Sans parler d'un manque flagrant de conscience écologique.

Et puis, la mélodie d'une ancienne ronde enfantine se fit doucement entendre. Je la reconnus tout de suite, malgré le son étouffé, et je pensai aussitôt à notre petite voisine de l'étage du dessus, qui raffole des boîtes à musique. Le mystère de la provenance de cette musique se dissipa quand Juliette ouvrit sa pochette pour prendre son cellulaire rose, dont elle avait programmé comme sonnerie l'indicatif de Caillou. Mon amie a treize ans et porte un soutien-gorge aux bonnets bien remplis, mais ne semble pas être encore sortie de la petite enfance.

Comme je n'avais jamais entendu Juliette parler d'histoires d'amour, je fus plus que surprise de l'entendre dire allo, donner un baiser et, toute mielleuse, commencer à raconter qu'elle était chez une amie pour un devoir en histoire et qu'elle ne pouvait se libérer, que ce serait mieux de faire ça un autre jour, non, samedi prochain peut-être? Ce serait parfait, non? Le type ne devait pas être du genre à se faire mettre de côté. À force d'insister, il parvint à obtenir de Juliette mon adresse.

Après avoir raccroché, non sans lui avoir envoyé un baiser sonore, elle me demanda si nous avions assez d'une demi-heure pour terminer le travail. Je lui offris de l'achever toute seule – après tout, il ne restait que la maudite scène du bûcher à écrire – mais à une condition : qu'elle me révèle le nom du mystérieux amoureux.

Juliette éclata de rire. Un amoureux? Quel amoureux? C'était son père! Aujourd'hui, c'était l'anniversaire de mariage de ses parents : ça faisait 14 ans et 11 mois qu'ils étaient mariés. Pour célébrer ça, son père avait décidé d'inviter sa femme et sa fille à déguster une crème glacée au centre commercial.

Je n'en croyais pas mes oreilles. Était-elle en train de me dire qu'il existait en ce monde un homme qui, tous les mois, ne manquait pas de souligner son anniversaire de mariage? En allant, par exemple, déguster une crème glacée en famille?

Juliette me sourit, sans comprendre mon étonnement. Elle pensait sûrement que tous les maris étaient romantiques comme son père.

Inventer une histoire, comme ça, à partir de rien, est un régal, mais je ne tire aucun plaisir de la rédaction de textes sur un thème imposé, du genre « Mes vacances d'été » ou de vieux thèmes classiques – biographies de grandes figures de l'histoire... Ce qui m'enchante le plus de la littérature, c'est la possibilité de sortir des sentiers battus et de créer des raccourcis inattendus, de changer d'ambiance et de déjouer les attentes du lecteur. Le problème avec les thèmes historiques, c'est que les événements et les péripéties sont bien connus et bien documentés. Tout le monde sait bien que Jeanne fut emprisonnée et vendue aux Anglais par un évêque corrompu; que l'ingrat roi Charles VII, qui avait pourtant reconquis sa couronne grâce à elle, ne leva pas le petit doigt pour elle et laissa le tribunal de l'Inquisition la condamner à être brûlée vive sur la place publique. Quel plaisir y a-t-il à raconter une histoire dont on ne peut arranger la fin à son goût?

Après avoir révisé le collage de Danyelle, dont je coupai, entre autres, les répétitions, je m'attelai à la conclusion. Je consultai notre cahier d'histoire, à la recherche d'une gravure qui pourrait m'inspirer, mais je ne trouvai que le visage d'une paysanne adolescente. Je cherchais en fait une image des derniers moments de Jeanne, quand les flammes commencent à lécher sa tunique et que, les yeux au ciel, elle semble reprendre à son compte les paroles de Jésus sur la croix : « Père, père! Pourquoi m'as-tu abandonnée? »

J'allais emprunter un livre à ma mère, quand les tubes de métal suspendus à la porte d'entrée firent entendre leur petite mélodie cristalline. Selon la propriétaire de la boutique de décoration, les sons de ces tubes avaient le pouvoir de dissiper les énergies négatives du foyer et de provoquer une sensation d'harmonie et de bonheur chez tous les membres de la famille. Mais ça ne fonctionnait pas très bien chez nous. Un défaut de fabrication peut-être… Au début, le tintement était plutôt agréable : chaque fois que ma mère ouvrait la porte, elle respirait plus profondément et se sentait envahie par une bouffée de bonheur. Cependant, après quelques semaines, elle commença à trouver ce carillon monotone et irritant.

Ce fut d'ailleurs l'avant-dernière fois qu'il se fit entendre. Il annonçait le retour de mon frère. À peine était-il rentré qu'il se plaignait de sa blessure à la tête, jouant avec son pansement pour essayer de calmer la démangeaison qu'il provoquait. Mon père entra à son tour, déclenchant de nouveau la mélodie orientale censée être une source de détente et de bien-être. Pendant qu'il expliquait à Alex que s'il grattait la blessure avec ses ongles sales, il causerait une infection, ma mère se leva de table, marcha d'un pas décidé jusqu'à la porte et arracha les tubes d'un coup sec.

Mon père hocha la tête et demanda la raison de ce stress. Ma mère lui répondit avec un sourire forcé : « Moi? Stressée? Tu te fais des idées, voyons, je suis tout à fait calme. Après tout, t'as juste conduit Alex à l'hôpital, sans te donner la peine, ensuite, de me faire savoir si mon fils était mort ou vivant! »

Alex me regarda découragé, comme s'il espérait de sa sœur aînée un geste quelconque pour éviter une nouvelle bataille sanglante de cette guerre de Cent Ans.

Selon Solange, je possède le pouvoir de réaliser tous mes souhaits, jusqu'à la réussite du mariage de mes parents. Mais comment? J'essayai de changer de sujet en annonçant que j'avais un travail à faire sur Jeanne d'Arc et que j'avais besoin d'un livre qui montrait la scène du bûcher. Mais on aurait dit que ma famille était contaminée par la surdité de grand-maman Nina. Mon père demandait à ma mère d'arrêter de faire des drames. Après que le petit eut reçu ses trois points de suture, il l'avait conduit à l'école où il avait suivi normalement ses leçons. Si elle était si inquiète, pourquoi n'avait-elle pas téléphoné? Ma mère rétorqua qu'elle avait tenté d'appeler de nombreuses fois, à se briser un ongle sur les touches, mais le cellulaire ne répondait pas et le téléphone de la clinique était constamment occupé. Elle n'avait fini par savoir ce qu'il en était d'Alex qu'après avoir communiqué avec la directrice de son école.

Et mon père d'expliquer pour la énième fois qu'il fermait son cellulaire quand il était avec ses patients. Déjà les deux parlaient en même temps, mais j'ai quand même pu entendre ma mère dire qu'elle trouvait cette habitude étrange… peut-être qu'il fermait son cellulaire seulement quand il était avec des patientes?

Oui, les patientes; cela signifiait en fait toutes les femmes qui passaient par la clinique de mon père, y compris la secrétaire, Wendy. Mon père, offusqué, se dirigea vers la chambre. Alex et moi le suivîmes. Nous nous arrêtâmes au seuil de la porte, nous tenant par la main, en le regardant ouvrir la garde-robe pour y prendre des vêtements qu'il jetait dans son sac de voyage.

Après l'avoir fermé, il s'assit sur le lit et nous tendit les bras. Il nous installa sur ses cuisses, comme quand il jouait avec nous à ti-galop. Il nous expliqua qu'il quittait la maison pour quelques jours : « Votre mère et moi passons un moment difficile. Nous avons besoin de faire une pause. »

Ma mère devait se tenir dans le corridor, près de la porte, parce qu'elle entra soudainement pour dire à mon père, entre les dents : « Réfléchis à ce que tu fais, Nelson. Si tu sors d'ici… » Mais elle s'arrêta, laissant planer sa menace.

Les points de suspension n'eurent pas l'air d'intimider mon père. Il sortit de la chambre, son sac de voyage à l'épaule, mon frère pendu à l'une de ses jambes. J'aurais tout donné pour me pendre à l'autre, mais je n'en pouvais plus de cette scène et je réussis à prendre Alex dans mes bras.

Ma mère resta là à souffrir en silence, examinant fixement son ongle brisé. Quand mon père entra dans l'ascenseur, elle craqua. Elle courut à la cuisine pour prendre une boîte d'allumettes et revint en pleurant dans le salon. Après trois ou quatre tentatives, elle réussit enfin à en allumer une. Elle laissa monter la flamme lentement, donnant l'impression qu'elle mettrait le feu à ses cheveux, à sa blouse ou aux livres de la bibliothèque. Même Alex imaginait le pire et demanda ce qu'elle voulait faire.

Ma mère répondit que, dans la vie, il y avait des moments où, tout ce qu'il restait à faire, c'était… de prier. Elle se retourna vers la desserte et alluma la bougie devant l'image de sainte Jeanne d'Arc. ⚡

Une nouvelle révolution française

Avec ses cheveux courts et son uniforme, Jeanne d'Arc pouvait passer pour un soldat de son armée. Mais comment était-elle dans son quotidien, après être descendue de cheval, avoir retiré son casque et son armure et s'être étirée? Prenait-elle son bain à la rivière ou dans un baquet sous sa tente? S'il n'y avait aucune autre femme dans le camp, alors la seule solution était de placer un homme de confiance à la porte, avec pour ordre d'éloigner à coups de flèches le moindre petit malin trop curieux. Eh bien, ce soldat existait justement et se prénommait Louis-Auguste. En plus de surveiller la porte de la tente, il s'occupait des armes de Jeanne et écrivait les lettres que cette dernière, qui ne savait ni lire ni écrire, devait envoyer au roi de France et aux chefs de l'armée ennemie.

Louis-Auguste était étudiant en médecine et avait abandonné l'université pour lutter aux côtés de l'héroïne. C'est lui qui avait soigné Jeanne quand elle avait reçu une flèche dans la cuisse en lui apposant un emplâtre pour arrêter l'hémorragie et empêcher l'infection. Depuis, il s'occupait personnellement de la future patronne de France, cumulant les fonctions de médecin, de conseiller et de secrétaire particulier.

C'est à lui que pensait Jeanne à l'aube du jour de son exécution. Mise au cachot, elle avait passé la nuit à prier, soutenue par le souvenir de ses yeux, de sa voix et de son dévouement. Le cher ami avait-il survécu au carnage de la dernière bataille? Pour un instant, elle souhaitait qu'il soit mort, afin qu'elle et lui se rejoi-gnent au ciel et vivent heureux pour l'éternité. Cette vision l'enchantait, mais rapidement, elle se sentit capricieuse, voire égoïste, et se mit à craindre de devoir mourir en état de péché. Ah! Si elle pouvait se confesser à un prêtre…

Peu de temps après, un homme entra dans la cellule portant, comme par coïncidence, un crucifix au cou, des sandales de cuir et un habit de toile grossière avec un capuchon qui lui cachait le visage. Une fois le geôlier parti, l'étranger baissa son capuchon et murmura qu'il n'était pas seulement venu pour sauver l'âme de Jeanne, mais aussi son corps.

La pauvre se croyait encore une fois victime d'une de ses nombreuses visions. Comment Louis-Auguste avait-il réussi à tromper les soldats anglais et, déguisé en religieux, à pénétrer dans cette prison étroitement surveillée? Le temps n'était pas aux explications. Ce qui importait était de libérer Jeanne. Pour ce faire, ils devaient échanger leurs vêtements : Louis-Auguste revêtirait la tunique de la condamnée et Jeanne, ayant endossé l'habit du moine, pourrait ainsi s'échapper du cachot.

Le plan plongeait la vierge dans la confusion : elle trouvait injuste de s'évader en laissant son ami prendre sa place dans la prison et sur le bûcher. De plus, elle refusait de se déshabiller devant un homme et n'éprouvait aucune envie de connaître les détails de l'anatomie masculine. Louis-Auguste répondit qu'il avait pris trop de risques pour se rendre jusqu'ici et qu'il ne laisserait pas le plan échouer à cause des scrupules d'une adolescente pudique. Si elle ne voulait pas voir un homme nu, elle n'avait qu'à fermer les yeux ou à tourner le dos.

Après avoir revêtu la tunique de la sorcière, Louis-Auguste aida Jeanne à endosser l'habit de moine. Pendant qu'elle tentait l'exploit d'attacher des sandales de pointure 12 alors qu'elle chaussait du 7, il la rassura en lui racontant qu'il avait soudoyé quelques gardes anglais. Grâce à leur complicité, il serait déjà loin de la ville lorsqu'un mannequin de chiffon commencerait à brûler sur la place publique.

Entendant des pas dans le corridor, Louis-Auguste se réfugia dans un coin de la cellule et tourna son visage vers le mur. Jeanne saisit alors qu'il n'était plus temps d'hésiter; sinon, les Anglais risquaient de découvrir la ruse et de les mener, son fidèle compagnon et elle, au bûcher.

Lorsque le geôlier annonça la fin de la visite, Jeanne regarda Louis-Auguste et, en faisant le signe de la croix, elle récita d'une grosse voix et dans un latin impeccable : « Soyez absous de vos péchés. » Elle sortit ensuite de la cellule, tête basse, escortée par les soldats, puis se mêla à la foule qui déambulait dans les rues et ruelles de Rouen.

En silence, je lis de façon très fluide; si l'histoire me plaît, mes yeux accrochent les mots les uns aux autres et les entraînent au fil des lignes comme un train emballé. Mon problème, c'est lire à voix haute, surtout devant un public. Le premier effet de cette phobie est un mélange de bégaiement accompagné d'une toux, qui ne me laisse pas aller plus loin que le premier paragraphe. Je manque ensuite d'oxygène, un léger vertige me prend, embrouille les lettres, puis vient la nausée et, enfin, le cœur veut me sortir de la poitrine. Une espèce de SPM, sans M. Voilà ce qui me tomba dessus quand Apollon nous demanda de lire nos travaux à voix haute.

Pour comble de malheur, la première équipe désignée fut la mienne. Je me sentis un peu soulagée lorsque Danyelle prit le texte dans le sac et se dirigea jusqu'au bureau du prof. Elle commença à lire la vie de l'héroïne française. Seulement, à ma grande déception, elle ne lut que ce qu'elle avait écrit, c'est-à-dire copié de sites Internet. Elle avait perçu mon trac et, sadique, elle me laissa ma partie à lire.

LE POUVOIR DE Jeanne

J'eus envie d'avertir la classe que j'avais décidé, en tant que future – ou actuelle? – écrivaine, de créer ma propre Jeanne d'Arc, un personnage peut-être pas politiquement ni historiquement correct, mais qui au moins n'était pas une copie virtuelle de textes et d'idées volés. Bien sûr, je me tus. Cracher du feu sur Danyelle m'aurait soulagé le cœur, mais jouer le rôle de dragon ne m'apporterait pas la sérénité dont j'avais besoin pour lire mon texte.

Tout à coup, je décidai que je ne donnerais pas à Danyelle le méchant plaisir de me voir paniquer. Je respirai profondément par trois fois, les yeux fermés, en ordonnant à mes mains de cesser de trembler, à mon cœur de se calmer et à ma gorge de se desserrer. À ma grande surprise, mon corps obéit sans discuter. J'étais si calme et détendue que je laissai presque échapper un bâillement.

Sans me presser, je me levai pour me rendre devant la classe. Je regardai mes camarades droit dans les yeux, prenant plaisir à étirer le suspense avant de plonger dans ma version de la destinée de la patronne de la France. Je me sentais comme une présentatrice de nouvelles à l'heure de grande écoute. Sans trébucher sur une seule syllabe, je commençai ma lecture par ma description de Jeanne d'Arc se confondant avec les soldats de son armée grâce à ses cheveux courts et à son armure : « mais comment était-elle dans son quotidien, après être descendue de cheval, avoir retiré son casque et son armure et s'être étirée? »

Plusieurs s'amusèrent de mon interrogation, à savoir si Jeanne d'Arc se lavait à la rivière ou dans une cuve installée sous sa tente. Quel dommage que le sourire d'Apollon – quelles dents! – se fût envolé si vite. À partir de l'apparition de Louis-Auguste dans l'histoire, il s'était mis à se frotter le menton, en levant les sourcils, ce qui creusait des plis parallèles sur son front. Et pourtant, il restait toujours aussi beau! À vrai dire, il semblait encore plus charmant, les narines dilatées et le regard plein de colère contenue.

Malgré la beauté du prof et le brouhaha de mes camarades, je demeurai concentrée sur mon texte et je poursuivis ma lecture jusqu'au moment où Jeanne d'Arc sort de prison déguisée en moine, laissant Louis-Auguste à sa place.

C'est là que je fus interrompue par un grand coup sur la table qui me fit presque lâcher mes papiers. Apollon bondit de sa chaise, les bras grands ouverts, demandant quelle était cette plaisanterie. Il ne me laissa pas la chance d'expliquer que mon texte était une fiction. Il enchaîna en affirmant qu'il était là pour enseigner l'histoire et non la littérature, et qu'il ne permettrait pas à une élève de commettre l'hérésie de confondre une figure historique, en l'occurrence une sainte, patronne d'un pays qui est l'un des plus importants du monde, avec un personnage qui n'avait rien à voir avec la réalité.

Il ne me restait plus qu'à empocher mon zéro et à retourner à ma place, tête basse, mais, à ma grande surprise, Apollon m'ordonna, en croisant les bras, de poursuivre ma lecture.

Je n'avais plus tout à fait la belle assurance de la présentatrice vedette du téléjournal. Le cœur battant, les mains aussi tremblantes que les genoux, je continuai à raconter que Jeanne d'Arc, cachée sous son capuchon, s'était rendue jusqu'à la place de Rouen, où le bûcher était prêt pour l'exécution de la sentence. Politiciens, religieux, juges, nobles, enfin, toutes les hautes auto- rités et leurs lèche-bottes respectifs faisaient le pied de grue dans l'attente de la principale invitée de la fête. Impossible de briser la muraille d'épaules et de coudes. Pour ne pas se faire écraser, Jeanne monta dans un arbre pour assister au spectacle à distance.

Louis-Auguste avait juré qu'il parviendrait lui aussi, avec l'aide de soldats anglais, à s'échapper de prison et à se faire remplacer sur le bûcher par un mannequin de chiffon. Mais le plan avait échoué. Lorsqu'elle vit le jeune homme apparaître, se masquant le visage avec les mains pour cacher son identité, Jeanne descendit de l'arbre en hurlant à l'injustice, qu'on allait condamner un innocent, qu'elle était la véritable sorcière. Pour appuyer ses paroles, elle retira son capuchon pour dévoiler son visage.

Apollon gardait toujours son front plissé, mais on voyait qu'il résistait de toutes ses forces contre l'envie d'éclater de rire. La classe était devenue un joyeux bordel. Même Juliette, pourtant de mon équipe, ne pouvait s'empêcher de rire. Mais ce qui me fit de la peine fut de voir Gus… une si belle bouche, aux lèvres si velouteuses, avec une langue certainement tiède et douce… Il aurait pu utiliser tous ces ingrédients pour m'envoyer un baiser d'encouragement, mais non, il préférait s'amuser à mes dépens avec les camarades. Tant pis, je continuai ma lecture.

Jeanne avait beau se démener, personne n'était assez fou pour détourner les yeux du bûcher pour assister à la crise de nerfs d'une hystérique. On ne prêta aucune attention à ses protestations et encore moins au verdict du tribunal ecclésiastique. Après avoir traité l'accusée de sorcière, de faux prophète, d'invocatrice des mauvais esprits, de conspiratrice, de brebis égarée, de sacrilège, d'idolâtre, d'exécrable, de maligne et d'assoiffée de sang, le prêtre chargé de lire la sentence demanda à Dieu miséricorde pour cette âme perdue et donna le signal au bourreau.

Louis-Auguste garda la tête baissée pendant tout ce temps, de peur d'être démasqué par les juges du Saint Office. Il se sentit soulagé quand il fut enfin lié au poteau et que la fumée commença à couvrir son visage. Fatiguée de s'agiter, Jeanne demanda à Jésus d'épargner à son ami la terrible agonie. Elle fut exaucée : l'âme du jeune homme prit la forme d'une étincelle et monta aux cieux avec la vitesse d'une étoile filante. La jeune fille passa le reste du jour à déambuler dans la ville, puis, à l'aube, elle revint vers la place maintenant déserte pour recueillir des cendres qu'elle enfouit dans les poches de son habit.

Il ne restait plus que le dernier paragraphe, dans lequel j'expliquais que Louis-Auguste ne s'était pas sacrifié en vain. En apprenant que Jeanne d'Arc avait survécu au bûcher, le roi Charles VII lui confia le commandement suprême de l'armée. La France refoula enfin l'Angleterre hors de son territoire, mettant ainsi fin à la guerre de Cent Ans. Mais Apollon ne me laissa pas terminer. Au moment où Jeanne d'Arc en était à enfouir les cendres dans ses poches, l'enseignant d'histoire lâcha un « Ça suffit! » et prononça la sentence de mon groupe : « zéro! »

Danyelle essaya d'y échapper en alléguant qu'elle n'avait travaillé qu'à la première partie et ne méritait donc pas cette note honteuse, par ma faute, en plus! J'eus envie de dire que nous avions travaillé en équipe, du début à la fin, mais je ne pouvais pas faire ça à Juliette. J'insistai donc sur le fait que j'étais la seule responsable de cette dernière partie.

Apollon ne voulut rien entendre : zéro sur dix pour les trois, affaire classée!

Pour passer un moment avec ma grand-mère, je fais souvent mes devoirs dans sa chambre. Hier soir, par exemple, je la rejoignis avec la ferme intention de venir à bout de la guerre de Cent Ans. Après le zéro pour le

travail sur Jeanne d'Arc, j'avais besoin d'obtenir la meilleure note possible à l'examen pour garder une bonne
moyenne. C'était du moins mon intention jusqu'à ce
que j'ouvre mon cartable et qu'une énorme araignée
s'en échappe, me grimpant sur le bras.

Bon, grimper, c'est beaucoup dire : c'était une
araignée en plastique. Mais la frayeur, la fièvre et les
palpitations cardiaques, elles, étaient bien réelles. Un
ricanement familier me fit tourner la tête – mon petit
frère se tenait dans le cadre de la porte, se délectant
de ma panique.

Je me mis à engueuler Alex avec tant de rage que
quelques-uns de nos voisins apparurent aux fenêtres.
J'étais en train de battre les cotes d'écoute du téléroman
de 20 heures! Attirée par mes cris, ma mère apparut dans
la chambre pour en connaître la cause, me demandant
si, par hasard, j'étais en train de virer folle ou si je voulais
faire mourir ma grand-mère du cœur. Je lui répondis que
s'il y avait un fou dans cette maison, c'était mon frère
qui avait caché une araignée dans mon cartable.

Alex se défendit en m'attaquant. Il se plaignit que
je ne jouais jamais avec lui et que je passais mon temps
à clavarder avec mes amies ou à écrire des niaiseries.
Ma mère ne tomba pas dans le piège : « Alexandre, c'est
vrai cette histoire d'araignée? »

Lorsqu'on l'appelle Alexandre, mon frère sait tout
de suite que le pire est à craindre. Nous n'avons pas
l'habitude dans ma famille des châtiments corporels,
mais ma mère retenait tant de rage – contre le mari,

la routine, le gouvernement, la vie – qu'elle n'entendit même pas Alex objecter que ce n'était qu'une araignée en plastique et l'attrapa par une oreille pour l'entraîner vers sa chambre. L'arrivée de mon père mit fin à la tragédie. Il avait décidé de passer à la maison avant d'aller au bureau.

Il était horrifié par la scène : « Mais qu'est-ce que tu es en train de faire, Sonia? » Ma mère lui répondit comme un écho : « C'est plutôt à moi de te demander ce que tu fais ici, Nelson? »

Libéré de la poigne de ma mère, Alex se réfugia derrière un rideau. Mon père répondit qu'il voulait voir les enfants et prendre le reste de ses vêtements. Il aurait pu répondre qu'il s'ennuyait de la maison ou de la famille ou juste dire qu'il s'ennuyait et laisser tomber le complément d'objet. Mais non, il fallut qu'il précise qu'il était là parce qu'il s'ennuyait de ses enfants; ma mère – et ma grand-mère, par la même occasion – semblait ne pas compter dans cet ennui.

Ça faisait trois jours qu'il n'était pas venu à la maison. Trois jours trop longs, qui avaient paru trois années. Il téléphonait régulièrement, toujours le soir, quand ma mère enseignait. Ce n'était pas suffisant pour combler l'absence. Par ailleurs, je trouve que le téléphone est la pire invention technologique. Graham Bell était peut-être un génie, mais il a inventé une drogue. Je ne dis pas ça au sens figuré. Je parle bien d'une drogue, comme le pot ou la cocaïne. La voix de l'autre nous apporte soulagement, nous anesthésie, nous remplit d'une sensation de bien-être, qui finit par nous rendre dépendants. À peine avons-nous raccroché que montent l'état de manque, le besoin incontrôlable de téléphoner de nouveau et de parler jusqu'à ce que l'oreille nous rougisse et nous chauffe comme celle d'Alex.

Mon père demanda le motif d'une telle scène. J'ai pensé qu'Alex se ferait égorger par lui après que ma mère lui eut raconté qu'il avait mis une araignée en plastique dans mon cartable. Mais mon frère s'en tira sans aucune conséquence.

C'est à ma mère que mon père s'en prit. « Et pourquoi ne discutes-tu pas avec ton fils au lieu de lui arracher l'oreille? » Ils commencèrent alors à s'accuser l'un et l'autre. Ils allaient en venir aux coups quand grand-mère Nina commença à s'étouffer, à perdre le souffle, bref, à avoir une de ces crises de toux qui ne passent qu'avec l'aide de toute la famille : mon père lui tapotant le dos, ma mère tentant de joindre le médecin, mon frère ouvrant la fenêtre et moi allant à la cuisine pour lui préparer un verre d'eau sucrée.

Lorsque grand-mère se remit à respirer normalement, mon père passa à la chambre des parents. À voir la quantité de vêtements qu'il fourrait dans sa valise, il donnait l'impression qu'il avait décidé de s'en aller pour de bon. Mais où? Il m'informa qu'il s'était provisoirement installé dans un hôtel du centre-ville.

Alex voulut savoir ce que signifiait provisoirement. Après avoir soigneusement choisi ses mots, mon père lui expliqua qu'une chose était provisoire quand nous n'avions pas encore tout à fait décidé de ce que nous en ferions – comme pour le brouillon d'un dessin qu'on pouvait encore modifier. La voix de mon frère se remplit d'espoir « Ça veut dire que tu vas peut-être revenir à la maison? »

Sa question resta sans réponse. Ma mère entra vite dans la chambre, ouvrit un tube d'onguent et se mit à frotter l'oreille d'Alex. Un peu comme pour s'excuser auprès de son fils, dont le sourire disait qu'il lui avait déjà pardonné. Concentrée sur le traitement, elle annonça qu'elle avait préparé un gâteau aux carottes et invita mon père à le partager avec nous. Il répondit qu'il avait du travail à terminer à la clinique, mais il ne put résister devant l'insistance de ses enfants et l'odeur du gâteau. Nous nous rendîmes à la salle à manger et, pour un moment, nous mangeâmes, rîmes et commentâmes l'épisode de la semaine de notre télésérie préférée, comme n'importe quelle famille heureuse.

Le secret professionnel est une chose sacrée. Imaginez si mon père sortait de la clinique et racontait à ses amis qu'un de ses clients ne se brosse pas les dents, porte un dentier ou a mauvaise haleine. Ou si un psychologue révélait qu'un de ses clients, assez en vue, d'un âge certain, ne peut résister à l'envie de porter d'affriolants dessous féminins la fin de semaine. Je suis d'avis que tous les professionnels, sans exception, ont l'obligation de garder le secret sur ce qui se dit dans leurs cliniques, leurs bureaux, leurs lieux de travail… comme les salles de classe.

De quel droit un professeur – fût-il aussi beau qu'un dieu grec! – montre-t-il à la directrice le travail d'une de ses élèves parce que cette dernière a décidé de laisser de côté les livres pour inventer sa propre histoire? Voilà la question que j'avais envie de poser à madame Sicotte quand elle est venue jusqu'à la salle de classe pour me demander de la suivre à son bureau pour une « conversation sérieuse » à propos de ma rédaction.

La directrice de l'école est une vieille fille aux cheveux aplatis et aux lunettes en écailles de tortue qui glissent sur son long nez pour être retenues au bout, grâce à une verrue stratégique. Au fond, madame Sicotte est une bonne personne, qui parle d'égal à égal avec les élèves et qui travaille la porte de son bureau toujours ouverte – afin que tous puissent y entrer au besoin sans avoir à frapper. Mais les étudiants ne laissent rien passer, encore moins une verrue sur le nez; ils avaient bien sûr surnommé la pauvre madame Sicotte, la sorcière.

À la lueur de son regard inquisiteur, je devinais que je serais accusée d'hérésie et condamnée au bûcher de l'expulsion. Peut-être qu'une suspension pour ap-prendre à ne plus confondre la littérature avec l'histoire suffirait? J'étais tout à fait disposée à admettre que Jeanne d'Arc, ma Jeanne d'Arc, n'était qu'un personnage de fiction, fidèle aux caprices de mon imagination imprévisible.

LE POUVOIR DE Jeanne

Cette explication toute prête me resta dans la gorge. En entrant dans le bureau de la directrice, tout ce que je pus balbutier, d'une voix timide, c'est : « M'man! P'pa! Qu'est-ce que vous faites ici? »

C'est la sorcière qui répondit. Assise sur son fauteuil de velours, derrière sa table de fer ronde comme un chaudron, elle m'informa qu'elle avait montré à mes parents ma rédaction sur Jeanne d'Arc. Je décidai de faire l'innocente : « Pourquoi, vous ne l'avez pas aimée? »

Madame Sicotte sourit, gratta sa verrue du bout de son stylo, puis reconnut que mon texte était bien construit, cohérent et, à part deux ou trois virgules mal placées, sans fautes de grammaire. Le problème était le contenu. Où pouvais-je bien avoir la tête en inventant que Jeanne d'Arc avait échappé au bûcher grâce à l'amour d'un soldat?

Je demandai alors la parole pour préciser que Louis-Auguste n'était pas un simple soldat; il était médecin, conseiller et secrétaire particulier de l'héroïne. Ma mère explosa : « Qu'est-ce que tu racontes là? J'enseigne l'histoire depuis plus de dix ans, j'ai fait ma thèse de doctorat sur Jeanne d'Arc et je n'ai jamais entendu parler d'un Louis-Auguste! » La directrice essaya d'intervenir, mais ma mère n'avait pas terminé : « Je pense, Jeanne, que tu as écrit ce texte pour me provoquer. »

Mon père tenait toujours ma rédaction. Il resta longtemps, la tête penchée, à lire et relire mon œuvre pour finalement en faire une critique favorable :

« En toute honnêteté, je ne vois rien de grave dans ce que ma petite Dalva a écrit. Elle s'est peut-être écartée de l'histoire officielle, mais elle a montré, au moins, de la créativité et de l'originalité. »

Je pensai que ma mère s'offusquerait et utiliserait le bureau comme un ring pour un autre round de son combat conjugal. Pas du tout. À ma grande surprise, elle confia à la directrice que notre famille vivait un moment difficile et que ce n'était pas le moment ni le lieu de discuter avec son... avec qui exactement : son mari ou son ex-mari? Elle camoufla son hésitation en toussant légèrement puis elle répéta : « ce n'est ni le moment ni le lieu pour discuter. »

Madame Sicotte se dépêcha d'approuver, remonta ses lunettes sur son nez et révéla enfin ce qu'elle attendait de moi : « Monsieur Paul, ton professeur, pense que cette rédaction prendrait tout son sens dans un cours de littérature, mais comme travail d'histoire, elle n'est qu'une blague de mauvais goût et c'est pour cette raison qu'il a donné un zéro à l'équipe. Comme tu t'es toujours comportée en bonne élève, Jeanne-Dalva, et que tu as toujours obtenu de bons résultats, j'ai convaincu ton professeur de te donner une deuxième chance. »

Pour améliorer ma note, il suffisait d'ajouter un « 1 » devant le « 0 », mais ce n'était pas ce que proposait la sorcière : elle voulait que j'abandonne ma version de Jeanne d'Arc et que je rédige un nouveau texte, traçant le portrait d'une adolescente ennuyeuse et asexuée qui n'avait jamais souffert d'acné et qui ne

LE POUVOIR DE Jeanne

s'était pas révoltée devant sa condamnation au bûcher. Si j'acceptais l'offre, mon équipe échapperait au « 0 ».

« Alors, ma fille, c'est entendu? »

La question venait de madame Sicotte. Me faire appeler « ma fille » par la directrice m'a fait penser combien ce serait compliqué d'avoir deux mères et je ne pus retenir mon sourire. Avant que la sorcière ne l'interprète comme un acquiescement, je la détrompai rapidement : « Je n'écrirai pas un autre texte pour faire plaisir à Apollon, euh, à monsieur Paul, je veux dire! » Elle tenta de me faire changer d'idée en me demandant de penser à mes camarades qui avaient été lésées par ma rédaction. Je refusai ce chantage émotif. Danyelle et Juliette n'étaient responsables que de la première partie du travail et n'avaient rien à voir avec ma partie. Ce que devait faire le professeur était de leur donner une note différente.

La directrice et ma mère échangèrent un regard d'impuissance. Que faire, mon Dieu, quand le bon sens et la voix de l'expérience ne parvenaient pas à faire changer d'idée une adolescente de treize ans à la tête dure? Sur ce point, mon père ne vint pas à ma rescousse. Il trouvait ma prose très inventive et divertissante, mais là, il me conseillait de me rendre à la raison et de m'adonner à la littérature dans un autre contexte. Qu'est-ce que ça me coûterait, au fond, de rédiger un autre texte?

Je répondis que je ne toucherais pas à mon histoire pour la simple raison que tout ce que j'avais écrit avait très bien pu survenir réellement. J'avais toujours trouvé Jeanne d'Arc assez intelligente pour tromper les juges de l'Inquisition et, avec un peu de chance, pour réussir à s'évader de prison, échappant ainsi au bûcher, avant de reprendre le commandement de l'armée française et de conduire son peuple à la victoire dans la guerre de Cent Ans. La directrice me demanda d'où je tenais cette idée. Je ne trouvai rien d'autre à lui répondre que de parler d'« intuition féminine ». Ce n'était pas l'argument le plus convaincant du monde, mais il servit au moins à clore la réunion.

Un zéro n'a jamais tué personne, mais ce soir-là, mon père vint à la maison pour voir s'il n'arriverait pas à me convaincre de faire un nouveau travail d'histoire. Je sortais du bain quand il arriva. À voir le sourire de trêve qu'il échangea avec ma mère, j'ai bien vu qu'elle était pour quelque chose dans cette visite : genre, appeler mon père à sa clinique pour lui demander du renfort devant mon obstination. Qui sait? Peut-être qu'une conversation franche, père-fille, me ramènerait les idées à la bonne place? Pour réussir cet exploit, le docteur Nelson oublia qu'il passait la semaine à lutter contre les caries et la plaque dentaire et m'offrit une boîte de bonbons.

Pensant que le cadeau était pour lui, Alex, avec sa subtilité habituelle, se précipita pour arracher le cellophane, se remplit la bouche et les poches pour ensuite filer à sa chambre. Mon père me fit assoir sur le divan et me fit signe de m'approcher en tapotant le coussin. Je m'assis près de lui, en fixant la boîte de bonbons, parfaitement consciente que ceux-ci étaient pleins d'arrière-pensées. Je refusai d'en prendre, disant que les friandises me donnaient de l'acné.

Mon père insista : un petit bonbon, de temps en temps, ça ne fait de mal à personne. J'en bavais d'envie, mais je résistai à la tentation, les yeux fixés sur le téléviseur. Le téléjournal commençait. Après un bref silence, il posa sa main sur mon épaule et me demanda si nous pouvions discuter de ce travail d'histoire… Ma mère se dirigea alors vers la cuisine pour préparer une collation. De là, elle pouvait tout entendre, avec la complicité de mon père qui avait baissé le volume de la télé à l'aide de la télécommande.

Ce soir-là, les manchettes semblaient tout à fait familières : des allégations de corruption pesaient sur un maire de la région, signes d'une reprise timide de l'économie, une hausse soudaine du prix de l'essence à la pompe, des travaux de réfection sur l'une des artères principales de la ville devaient être prolongés. Ce qui sauva ce bulletin de nouvelles fut la dernière manchette. Les cotes d'écoute durent atteindre le sommet de l'Everest quand la présentatrice vedette annonça le sujet principal du bulletin, probablement de l'année, et peut-être de la décennie :

REVIREMENT DE L'HISTOIRE :
Jeanne d'Arc n'est pas morte sur le bûcher!

Mon père bondit pour augmenter le volume du téléviseur. Après l'indicatif musical, la présentatrice nous souhaita bonsoir de son habituel air sérieux et mit fin au suspense : « Nous avons tous appris à l'école que Jeanne d'Arc fut condamnée par l'Inquisition à brûler sur le bûcher, sur la place publique, à l'âge de 19 ans. Cette histoire devra cependant être revue. En effet, des archéologues français viennent de découvrir, dans les environs de la ville de Domrémy, les restes d'une femme mûre qui semblent être ceux de l'héroïne française. Des échantillons du squelette ont été prélevés aux fins d'examen, mais les scientifiques sont persuadés d'avoir trouvé le cadavre de la sainte patronne de la France. Selon le journal intime trouvé près du corps, Jeanne d'Arc aurait échappé au bûcher grâce à l'aide de son médecin particulier, le jeune Louis-Auguste. Il aurait pénétré dans la prison déguisé en moine et se serait sacrifié pour son amie. »

Nous ne pûmes saisir clairement la phrase suivante, parce que ma mère entra dans le salon en protestant : « Un journal intime, quel journal? Elle était analphabète! » Mon père implora le silence en augmentant de plus belle le volume.

LE POUVOIR DE *Jeanne*

La tour Eiffel en arrière-plan, l'envoyé spécial à Paris expliqua à ma mère et à l'ensemble des téléspectateurs que Jeanne, après avoir échappé au bûcher, avait repris le commandement de l'armée française et obtenu la victoire définitive contre les Anglais, ce qui mit fin à la guerre de Cent Ans. Entre les batailles, elle aurait pris des leçons particulières pour apprendre à lire et écrire le français, afin de correspondre avec le roi Charles VII sans intermédiaire. Elle aurait aussi étudié l'anglais, puisqu'elle avait la délicatesse d'envoyer aux Anglais un ultimatum avant chaque bataille et ne faisait pas confiance aux traducteurs. Aux journalistes du monde entier assemblés, le chef de l'équipe d'archéologues responsable de la découverte déclara que tout cela était rapporté avec l'écriture ferme et le style sobre et courageux de Jeanne d'Arc : « En plus de son talent de stratège, notre sainte fut aussi une brillante écrivaine et nous a laissé un journal qui est aussi bien un chef-d'œuvre d'histoire que de la littérature. »

Une fois achevée la guerre de Cent Ans, l'héroïne refusa tous les titres et les honneurs et retourna vivre dans son village natal, consacrant son temps à la prière, aux œuvres caritatives et à la rédaction de son journal. Les archéologues révélèrent aussi avoir trouvé avec le journal une boîte en argent contenant, telle une précieuse relique, ce qui serait les cendres de Louis-Auguste, recueillies par Jeanne elle-même sur la place où il fut exécuté. Un représentant du Vatican, qui exigea l'anonymat, déclara que le peuple français venait probablement de gagner un autre saint.

Le reportage à peine terminé, ma mère me déclara paranormale, unique explication pour avoir deviné tant de détails sur la vie de Jeanne d'Arc. En tant que professionnel de la santé, mon père était plus sceptique et cherchait toujours des preuves scientifiques ou, du moins, un argument logique. Il ne fut pas long à proposer une solution rationnelle à ce mystère : « Je parie, ma fille, que tu as rédigé ton texte après avoir lu cette nouvelle dans quelque site Internet. »

Ça faisait une semaine que je n'avais pas navigué sur Internet, mais je n'eus pas besoin de contester la théorie de mon père, parce que le téléphone, cette sale drogue, sonna. Je répondis. C'était madame Sicotte. La sorcière m'annonça qu'elle venait de regarder les nouvelles et, qu'au nom de l'école, elle tenait à présenter ses excuses pour avoir mis en doute le contenu de ma belle rédaction ainsi que toutes ses félicitations à une élève si bien informée, qui avait effectué une si belle recherche sur la vie de la sainte patronne de France.

Après avoir raccroché, je continuai à regarder la télévision, me voyant à la place de la présentatrice, lisant les nouvelles avec ce ton si particulier, comme si elle nous disait un secret dans le creux de l'oreille. Et quel coprésentateur serait à mes côtés? J'essayai d'imaginer Gus avec les cheveux gris, mais le téléphone sonna de nouveau.

Juliette aussi avait regardé le téléjournal et me demandait comment j'avais pu connaître cette histoire de Jeanne d'Arc. Je lui répondis que c'était un secret.

LE POUVOIR DE *Jeanne*

L'appel suivant fut de Mikaël, qui adorait les films de suspense et qui me baptisa Sherlocka. Ne voulant pas passer la nuit à recevoir des compliments et à donner des explications, je demandai à ma mère d'informer les amis que, très fatiguée, je m'étais mise au lit plus tôt que d'habitude.

Je donnai une bise de bonne nuit à mon père et je bâillai pour bien afficher ma fatigue. Il me dit que ce professeur d'histoire devrait ravaler son zéro et, tout à sa vengeance, il en oublia de me dire de bien brosser mes dents.

J'allai directement à ma chambre. Je collai mon dos sur la porte pour me laisser glisser au sol. Je ne sais pas combien de temps je restai assise là, à fixer le vide, à essayer de déterminer si j'étais une devineresse, une paranormale ou une détective. Prédire l'avenir n'a rien d'original, n'importe quel voyant prétend le faire. Non, la question était : ma rédaction avait-elle véritablement transformé le passé ?

Mon père n'était pas le seul à soupçonner que j'avais trouvé mon inspiration sur Internet. Le lendemain, à peine étais-je assise à mon pupitre que mes cama- rades de classe m'encerclèrent et me demandèrent sur quel site j'avais découvert toute cette information sur Jeanne d'Arc. Tous n'avaient pas vu le reportage télé. Danyelle avait encore le zéro sur le cœur et, levant un doigt menaçant à l'ongle affilé, m'accusa d'avoir donné au moine le nom de Louis-Auguste juste pour attirer l'attention de Gus.

La gêne me fait rougir, mais là, je devais avoir viré violet. Heureusement, Gus était resté au fond de la classe, occupé à attacher ses espadrilles, et semblait n'avoir rien entendu. Juliette prit ma défense en expliquant que j'avais vu juste : selon le reportage du téléjournal d'hier, Jeanne d'Arc avait bel et bien été sauvée du bûcher par ce dénommé Louis-Auguste. Danyelle rétorqua qu'elle avait autre chose à faire que de regarder la télévision. Elle ne semblait pas aimer lire non plus, parce que tous les journaux présentaient en gros titre cette manchette, y compris une revue qui avait publié une édition spéciale avec des extraits du journal. Danyelle, folle de rage, ne voulait rien entendre et continuait à me menacer du doigt et à me traiter de menteuse. Elle jura qu'elle n'accepterait jamais ce zéro et menaça de traîner l'école devant les tribunaux – son père est avocat – si la direction n'effaçait pas cette note honteuse de son bulletin.

J'envisageai sérieusement la possibilité d'étrangler Danyelle, mais le professeur d'histoire entra en disant que personne n'aurait à poursuivre l'école.

Son entrée mit fin au tohu-bohu : chacun prit place à son pupitre respectif. Apollon posa sa serviette sur son bureau, puis il admit avoir commis une erreur dans l'évaluation de mon travail : « Nous pouvons tirer deux leçons importantes de cet incident. Je ne sais pas où Jeanne-Dalva a recueilli ses informations sur Jeanne d'Arc, mais le fait est que votre camarade ne s'est pas contentée de la version officielle de l'histoire de l'héroïne française. Tout chercheur a le devoir de remettre en question les vérités habituelles ou les données toutes prêtes, même si, au début, il risque d'être incompris voire ridiculisé. » Il prit une pause avant de transmettre la deuxième leçon. Il reprit, après m'avoir lancé un clin d'œil. « Comme toute science, l'histoire est une espèce d'organisme vivant; tout bon historien doit garder l'esprit ouvert devant les découvertes ou les revirements surprenants en utilisant tous les instruments et toutes les méthodes à sa disposition pour interpréter le passé, y compris l'imagination. » Pour finir, il annonça que notre équipe, en tout honneur, méritait un 10, et me demanda la permission de publier mon texte dans le prochain numéro du journal de l'école.

La possibilité de voir mon texte lu par des dizaines, voire des centaines d'étudiants, enchanta mon cœur de future écrivaine. J'arborai un sourire faussement modeste avant d'accepter l'offre, ce qui provoqua un tonnerre d'applaudissements, déclenché par le professeur.

Pendant que je savourais le vacarme des applaudissements, je remarquai du coin de l'œil le filet de venin qui dégoulinait à la commissure des lèvres de Danyelle jusqu'à son menton. Ce fut certainement le 10 le plus amer de sa vie! Elle s'excusa pour aller aux toilettes et me laisser recevoir en toute tranquillité les compliments, les tapes dans le dos et même une demande d'autographe de Juliette : « Quand tu seras une écrivaine célèbre, je dirai à mes enfants que nous étions de grandes amies. S'ils ne me croient pas, je n'aurai qu'à leur montrer ta signature dans mon cahier. »

Le cours reprit et, comme Apollon avait commencé à remplir le tableau, je baissai la tête pour copier la matière et je vis sur mon cahier un morceau de papier. Je pensai que c'était une autre demande d'autographe, mais c'était un message :

> Je t'ai appelée hier soir, tout de suite après le téléjournal. C'était toujours occupé. Je voulais te dire que la découverte des chercheurs français ne m'avait pas surprise. Quand tu as lu ton texte devant la classe, j'ai trouvé ta Jeanne d'Arc bien plus réaliste que celle des livres.

Ce n'était pas signé. Je me tournai immédiatement vers l'arrière. Toute la classe était occupée à prendre des notes, sauf Gus. Mordillant la pointe de son stylo, il me lança un sourire qui me fit virer folle de surprise et de joie. Serait-il l'auteur du billet ?

Je consultai une autre fois mon intuition féminine. Et j'eus l'impression de l'entendre me répondre oui.

71

LE POUVOIR DE *Jeanne*

À l'heure du dîner, je fus assiégée par une meute de professeurs, d'élèves des autres classes et même d'employés de la cafétéria, tous curieux de détails et de potins sur le journal intime de Jeanne d'Arc.

Après avoir savouré mes quinze minutes de gloire, je commençai à en avoir assez de toutes ces questions et je me réfugiai aux toilettes. La concierge lavait le plancher avec une vadrouille qui puait le désinfectant, un mélange de citron et d'eucalyptus destiné à tuer les microbes. Pour couper l'envie de vomir, je me bouchai le nez et je me changeai les idées en lisant les poèmes et les messages d'amour écrits sur les portes et les murs. Il y avait aussi des gros mots et une insulte adressée à la professeure d'éducation physique, la traitant de femme facile pour avoir couché avec tout le corps enseignant, y compris la directrice, ci-nommée la sorcière. Je repérai le nom de Gus dans un cœur percé d'une flèche qui portait ce message : « Je t'aimme. » Oui, oui, « aime » avec deux « m ». L'auteure était peut-être un pétard, mais elle était sûrement une cruche.

Le dîner étant terminé, il fallait retourner en classe pour découvrir avec émotion les cycles évolutifs de la Giardia Lamblia, de l'Entamoeba histolytica et autres protozoaires que monsieur Lauzon, notre professeur de biologie, surnommé Ozone, avait l'habitude de décrire comme des monstres de films de science-fiction.

Ah! Puis non! Je n'avais pas la patience ni le goût d'entendre parler du sort des vers et je restai assise sur le siège de toilette. Les toilettes se vidèrent enfin. J'avais besoin de silence pour comprendre la signification de cette nouvelle Révolution française : qu'est-ce que mon texte avait à voir avec ce journal de Jeanne d'Arc?

Je ne réussis pas à soutenir l'activité intense de mes neurones, chacun suivant une idée différente, me laissant étourdie, indécise et angoissée. D'un côté, je voulais croire que tout n'était qu'une immense coïncidence : comme si j'avais gagné le Lotto Max et qu'au lieu d'empocher des millions, j'avais reçu un 10 pour un travail d'histoire. Mais je savais que je me faisais des illusions. Choisir les numéros gagnants à la loterie relève exclusivement du hasard, mais déterrer la véritable biographie de Jeanne d'Arc, c'était là une prouesse qui exigeait un talent certain.

Je me rendis au lavabo pour me passer de l'eau sur la nuque. J'avais le cerveau tout chamboulé, pas une seule case à sa place. J'étais persuadée que je ne parviendrais pas à trouver toute seule la solution. Je décidai donc de demander de l'aide.

Un androïde pure adrénaline

La patronne s'est réveillée avec une horrible migraine et ne peut recevoir personne. Qu'est-ce qu'on pouvait faire pour moi, une coupe de cheveux? On a une place libre à la fin du mois seulement.

C'est la réponse que la réceptionniste me servit quand je demandai Solange. Chère Angèle, toujours aussi robot, non seulement à cause de son ton de voix automatique, mais surtout à cause de la froideur avec laquelle elle essayait de se débarrasser de moi. Je sentais bien qu'il ne servirait à rien d'essayer d'expliquer calmement qu'il y avait urgence, même avec mon plus bel air de fille bien élevée. Pour pouvoir parler à Solange, je devais jouer la tragédie. Je m'accoudai au comptoir et, en adoptant ma meilleure expression d'adolescente en crise, je dis, avec un sourire forcé : « Une coupe de cheveux? Non, merci. C'est que je songe sérieusement à me trancher les veines du poignet. »

Craignant que je ne fasse une bêtise, Angèle monta l'escalier en trombe pour vérifier si Solange était disposée à me recevoir. En attendant, je m'assis et je commencai à feuilleter un magazine de mode pour me distraire. J'avais beau essayer, je ne parvenais pas à me concentrer sur les dernières tendances automne-hiver, encore moins à mémoriser les sept trucs infaillibles pour masquer les pattes d'oie et les rides d'expression.

Le brouhaha du salon était si intense que j'abandonnai la revue. La principale attraction était une cliente qui caquetait sans cesse. De la salle d'attente, je ne pouvais pas voir son visage, mais j'étais persuadée d'avoir déjà entendu cette voix. Tout en se faisant épiler les sourcils, la femme affirmait qu'il ne fallait refuser aucun sacrifice pour mettre la main sur un homme, un vrai de vrai, parce que, de nos jours, ils étaient tous ou mariés ou des imposteurs ou périmés. Le sexe masculin était en voie d'extinction. Selon elle, les mouvements écologistes devraient laisser tomber les ours polaires pour lancer une campagne de préservation des célibataires mâles.

Les éclats de rire des employées encourageaient encore davantage le bavardage de la cliente. Elle racontait avoir essayé tous les régimes, les coiffures, les petites culottes, les bijoux et les parfums pour attirer l'attention des hommes : sans résultat! Un jour, sortant du bain, elle s'examina attentivement dans le miroir et s'aperçut que le problème était ses seins, en fait, son manque de seins. Malgré sa peur de l'anesthésie, elle s'était décidée à affronter le bistouri et sortit de l'hôpital, convaincue que le silicone changerait sa vie.

Silicone!

En entendant ce mot magique, le lien se fit : cette voix était celle de la Julie, celle-là même que je voulais éteindre d'un coup de bouton de la télécommande pour personnes.

L'employée qui s'occupait des sourcils de Julie lui demandait de rester tranquille, mais la dinde ne pouvait s'empêcher de gesticuler en racontant ses aventures. Quelques jours après son opération, elle était retournée à la clinique. Elle était dans l'ascenseur lorsqu'une panne d'électricité survint dans l'édifice. Elle commença à paniquer un peu; elle n'avait jamais aimé rester dans le noir et encore moins être bloquée dans les hauteurs. Heureusement, elle avait de la compagnie. Quelqu'un à ses côtés lui chuchota qu'il n'y avait pas de raison de paniquer. Il ajouta qu'il donnerait tout ce qu'il possédait pour demeurer prisonnier de l'ascenseur le reste de sa vie auprès d'une aussi jolie femme. Le compliment lui plut, mais elle doutait de sa sincérité : « Comment pouvez-vous savoir si je suis jolie? Il fait aussi noir que dans un four! » Le type lui répondit qu'il était un cousin de Superman et, comme lui, il avait le don de la vision aux rayons X. Puis, redevenant sérieux, l'homme avoua l'avoir remarquée lorsqu'elle était entrée dans l'édifice. Des compliments, il passa rapidement aux mots doux.

Quand, enfin, l'ascenseur se remit à fonctionner, Julie était invitée à dîner. Elle était assez satisfaite du visage de l'inconnu : la calvitie paraissait irréversible, mais la mâchoire était carrée, les dents, bien alignées et les avant-bras, velus. Au restaurant, l'homme lui confia être le père d'une fille et d'un garçon, mais qu'il vivait séparé de leur mère. Bon, la perfection n'est pas de ce monde! Il n'aimait plus sa femme, ou pour mieux dire, son ex-femme, et il jura que cet après-midi même, il irait voir un avocat pour officialiser la séparation. Là-dessus, il fit signe au serveur, commanda une bouteille de vin, puis demanda à Julie si elle croyait au coup de foudre.

Pour rendre jalouses les employées et les clientes, elle leur annonça qu'elle soupait le soir même avec son beau parti à La Toque d'or, le restaurant le plus chic en ville. Une des employées ne put résister à l'envie de demander, en rongeant un bout de la lime à ongles, le nom du prince charmant. Julie répondit que, pour l'instant, elle préférait garder le secret : elle craignait les *placoteuses* encore plus que l'anesthésie générale.

Bon, mon père a une fille et un garçon et songe à se séparer. Il a lui aussi les dents bien alignées, mais c'est une exigence de sa profession. Qui confierait ses dents à un dentiste qui a une vilaine dentition? Les avant-bras poilus ne voulaient rien dire non plus : la science a prouvé depuis longtemps que les hommes étaient les arrière-arrière-petits-fils des singes. Quant à la calvitie irréversible et à la mâchoire carrée, ce sont là des notions très subjectives. Ce que j'essaye de dire, c'est que mon père, si intelligent et élégant, ne penserait jamais à passer le reste de sa vie prisonnier d'un ascenseur en compagnie d'une dinde au cerveau de silicone. Ou bien serait-ce le désir secret de tout homme?

D'un côté, je défendais mon père et refusais de croire qu'il puisse sortir avec Julie. Mais mes certitudes s'écroulaient en repensant à la devise de Solange et de tant de femmes : les hommes sont tous pareils; s'il y en a un de différent, ce n'est pas un homme.

Avant que j'en arrive à une conclusion, Solange apparut au sommet de l'escalier et commença à me mitrailler de questions : « Pour l'amour de Dieu, Jeanne, qu'est-ce que tu fais ici à cette heure-ci? Tu devrais être à l'école! Il est arrivé quelque chose à Junior? Parle, dis-moi la vérité! Son père est allé le déranger à l'école, c'est ça? Il ne l'a pas menacé toujours? »

Je secouai la tête et répétai que non, il n'était rien arrivé à Junior. C'est moi qui avais besoin d'aide et je voulais parler un peu, c'est tout. Encore tremblante et inquiète, Solange me fit signe de monter et, comme elle était au régime, elle demanda à Angèle un verre d'eau sucrée à l'édulcorant.

Le calmant *diète* fit bientôt son effet. Une fois la réceptionniste de retour à son poste, Solange s'excusa d'avoir perdu la tête. Il faut dire qu'elle était dans tous ses états aujourd'hui : elle avait passé une nuit blanche sans pouvoir trouver un moyen sûr de protéger son fils.

Je ne comprenais rien, mais je n'eus pas besoin de la questionner. Parlant à voix basse, en chuchotant presque, elle me raconta qu'au début de la semaine, elle avait reçu la visite de son ex-mari. Il était arrivé complètement soûl, en faisant un vacarme du diable. Heureusement, tout ça s'était passé tôt le matin, Junior était déjà parti pour l'école et le salon de beauté était encore vide. Seules quelques clientes avaient eu droit à une scène digne d'une émission de téléréalité bas de gamme : cris, poings sur la table et autres grossièretés du même genre inclus. Le type avait même saisi un séchoir à cheveux et l'avait pointé vers Solange comme si c'était un révolver. Il s'était plaint d'avoir été volé par la fille avec qui il vivait. Il était venu pour recouvrer son argent, parce que dans son esprit tordu de psychopathe, cette fille, une ex-employée du salon, devait avoir appris à voler à cause de Solange. Si à la fin de la semaine il n'avait pas reçu son argent, il était prêt à s'emparer de Junior et à l'emmener bien loin, dans une autre ville, où il serait libéré de l'influence de sa mère, des employées et des clientes, enfin, de toutes ces poupounes qui cherchaient à transformer son fils en *fif*.

J'essayai de convaincre Solange de ne pas trop s'en faire : après sa gueule de bois, le bonhomme aurait probablement oublié la scène. En baissant la tête, elle me répondit que je ne connaissais pas le père du Junior : il n'avait finalement quitté le salon que par peur d'être attaqué par Freddy. Il avait juré de revenir bientôt pour se débarrasser du chien.

79

LE POUVOIR DE Jeanne

Voir quelqu'un pleurer me fait automatiquement monter les larmes aux yeux. Tout ce que je pus trouver à dire pour consoler Solange, c'est : « Si je peux faire quelque chose… »

J'avais parlé pour briser le silence, mais elle prit mon offre au sérieux et ravala immédiatement ses larmes. Nous étions assises face à face à son bureau. Solange prit ma main gauche, puis, après avoir examiné ma paume avec un sourire, elle me répéta que, pour moi, rien n'était impossible. « Tu as le monde au creux de ta main, ma fille. Tu as le pouvoir de changer la vie de n'importe qui. »

Je sentis que c'était le bon moment de discuter de mon supposé pouvoir – c'est pour ça que je me retrouvais ici après tout. Je racontai alors à Solange que le journal récemment découvert de Jeanne d'Arc semblait la copie exacte de ma rédaction. Elle me jura que ce n'était pas une coïncidence : la sainte avait échappé au bûcher parce que j'en avais fait mon personnage. À partir de ce moment, elle n'avait pas le choix que d'accomplir le destin que je lui avais imaginé. La force de mes mots pouvait non seulement modifier le passé, mais également le présent et sans doute même le cours de l'avenir.

J'avais mille questions qui me brûlaient les lèvres, mais soudain, j'entendis des pas dans l'escalier. Je vis aussitôt une expression de panique sur le visage de Solange : et si l'ex avait gardé un double de la clé de la maison?

Elle se calma rapidement en voyant Junior entrer dans le bureau. Surpris de me voir là, il me demanda pourquoi j'avais filé si tôt. Je lui répondis que je n'avais pas le courage d'assister au cours de biologie aujourd'hui et que j'en avais plutôt profité pour passer au salon prendre un rendez-vous.

Junior portait un sac à dos à chaque épaule, dont le mien, justement. Il pensait m'apporter mes cahiers à la maison avant le souper. Il me dit aussi que je n'avais rien manqué. Ozone avait passé le cours à raconter ses histoires dégoûtantes d'enfants sous-alimentés qui attrapent des vers par la bouche et le nez, si bien qu'il n'avait pu enseigner de nouvelle matière.

En enfilant mon sac à dos, je remerciai Junior. Il secoua la tête : « C'est rien. » Solange m'invita à souper, mais je préférai les laisser tranquilles.

À la porte du salon, je croisai Julie : les cheveux platine, les ongles argentés, les sourcils finement dessinés. Le plus drôle, c'est que, malgré tout, elle avait toujours l'air d'une dinde. Elle avait eu un nettoyage de peau, lui laissant le nez enflé et aussi rouge que la planète Mars. Appuyée au comptoir, elle racontait à Angèle, tout en payant avec sa carte de débit, qu'elle avait un souper spécial à 19 heures. « Est-ce que mon nez sera redevenu normal d'ici là? » Angèle la rassura et lui souhaita bonne chance.

LE POUVOIR DE Jeanne

❀

Du salon, je filai directement à la maison, avalai rapidement le repas, puis m'enfermai dans ma chambre. J'avais besoin de réviser pour l'examen d'histoire. Mais je ne parvenais pas à me concentrer. Au lieu de concentrer mon attention sur le texte, je vagabondais d'une illustration à l'autre, essayant de repérer qui, parmi les rois, les princes et les navigateurs, avait une mâchoire carrée, les dents alignées et une calvitie irréversible. Je me lassai vite de ce jeu tordu. Je téléphonai à Juliette pour lui raconter que je projetais de gâcher la possible romance de mon père. Elle me traita de folle, mais finit par accepter de m'aider.

Ce soir-là, ma mère ne donnait pas de cours à la faculté et s'occupait donc de grand-maman Nina. Prétextant devoir étudier très tard pour l'examen, je l'avisai que je dormirais chez Juliette. Je sortis, le sac à dos bourré à craquer : c'est qu'en plus des livres et des cahiers, j'apportais ma plus belle robe longue – ma seule, en fait – et une paire d'escarpins si hauts que, sans exagérer, j'ai un peu le vertige quand je regarde vers le sol. J'avais pensé emprunter le mascara importé de ma mère, mais je craignais trop de me faire prendre et je me contentai de la trousse de maquillage de Juliette.

Nous passâmes la soirée devant le miroir, essayant toutes sortes de combinaisons possibles de vêtements, souliers, rouge à lèvres et coiffures. Juliette trouvait que c'était une perte de temps et me conseilla d'arrêter de faire du chichi – ce ne serait pas plus simple d'enfiler des jeans et une chemisette? Ah misère, dans quel monde vit cette fille? Je rappelai à ma naïve amie que La Toque d'or était un restaurant super sophistiqué et que jamais, au grand jamais, on n'y laisserait entrer deux adolescentes déguisées en *adolescentes*.

Juliette avait prévenu sa mère que nous sortirions pour aller au cinéma. Sa mère trouvait que c'était du gaspillage de mettre de si jolies robes pour passer deux heures dans une salle obscure, mais elle nous complimenta tout de même sur nos tenues. Elle ajouta que nous avions bien mérité ce repos pour avoir étudié toute la soirée. Sauf que notre moyen de transport tomba à l'eau. En effet, le père de Juliette venait de téléphoner du bureau pour annoncer qu'il avait une réunion avec la direction et qu'il ne savait pas à quelle heure il rentrerait.

Monter dans un autobus avec des talons hauts est digne d'une équilibriste. Nous optâmes donc pour le taxi. De l'appartement de Juliette au restaurant, ça me coûta la moitié de mon allocation mensuelle. En plus, je donnai un pourboire au chauffeur qui eut la courtoisie de m'ouvrir la portière en me donnant du *mademoiselle*.

Le restaurant La Toque d'or était logé dans un élégant édifice historique. J'eus de la difficulté à apaiser mon cœur et à maîtriser mes tremblements, mais je réussis à entrer dans le restaurant avec juste assez d'assurance pour montrer que j'étais à mon aise, sans

83

paraître arrogante. Juliette me suivait de près, mais se retrouva un peu décontenancée quand le maître d'hôtel lui demanda si nous avions réservé.

On nous conduisit à une des tables du fond, d'où je pouvais voir tout le restaurant et ainsi surveiller les allées et venues des clients. Le couple qui m'intéressait n'était pas encore arrivé. Le serveur nous apporta le menu. Les prix étaient si élevés qu'on aurait dit le nombre de calories de chaque mets.

Juliette me dit qu'elle avait de l'argent, mais pensait qu'il valait mieux partir. Étais-je vraiment prête à voir mon père avec une autre femme?

Je ne pouvais prévoir ma réaction, mais je jurai que je n'avais aucunement l'intention de casser des verres ou des chaises, ni de plonger la face de la dinde dans son potage. À moitié rassurée, Juliette demanda au serveur où se trouvaient les toilettes. En quittant la table, elle prétendit ne pas avoir faim. Grignoter des olives lui suffirait. Je pris le plat le moins cher : filet de poulet grillé, servi avec une salade d'asperges en sauce blanche.

De retour à la table, Juliette semblait préoccupée et vérifia l'heure à sa montre pour me dire que mon père avait peut-être changé d'idée ou de restaurant. Pour la faire patienter, j'essayai de changer de sujet : « Aimes-tu les asperges, toi? » « Non, je ne connais pas ce groupe-là… » S'apercevant aussitôt de sa distraction, elle commença à rire nerveusement, puis elle demanda une boisson gazeuse *diète* au serveur.

Je choisis un verre de jus d'orange et je dus remettre au serveur le menu qui me servait d'abri pour espionner à mon aise les clients du restaurant.

Nos boissons arrivèrent, puis, finalement, le plat principal. J'étais si nerveuse que je ne goûtai pas vraiment la saveur de l'asperge. Juliette, de son côté, ne toucha même pas à ses olives et, après avoir bu sa boisson gazeuse, elle eut de nouveau besoin de retourner aux toilettes. Pendant un instant, j'oubliai que j'étais en embuscade pour prendre mon père en flagrant délit et j'attaquai le poulet avec mes cinq sens, cette fois-ci. Mais c'est le sixième qui me fit lever la tête pour regarder en direction de l'entrée.

Je perdis immédiatement l'appétit : Julie venait d'entrer dans le restaurant.

Son nez avait repris une forme humaine et n'évoquait plus aucune planète, mais sa robe, rouge et décolletée, devait être de la dernière mode jet-set sur la planète Vénus. Faute de menu, je me cachai le visage avec ma serviette de table. Je me sentais comme certaines femmes musulmanes qui se couvrent d'un voile, la burka, je crois, ou plutôt bourka? Je vérifierai dans le dictionnaire.

Ma « burka » me tomba des mains quand je découvris que la calvitie irréversible n'était pas celle de mon père.

Le cocktail de culpabilité et de honte ne parvint pas à étouffer mon soulagement. À vrai dire, j'étais euphorique. Je ne me mis pas à danser entre les tables, parce qu'à ma grande surprise, moins agréable celle-là, le fameux amant de la dinde n'était nul autre… que le père de Juliette!

LE POUVOIR DE Jeanne

J'imaginais la déception de la pauvre en voyant son père et Julie se chuchoter des petits secrets dans l'oreille tout en trinquant au champagne. Combien d'années de thérapie lui faudrait-il pour surmonter ce traumatisme? Je devais faire quelque chose avant que mon amie ne revienne des toilettes et ne découvre que le père Noël n'existait pas.

Mais que faire?

Je me souvins soudainement des paroles de Solange : « Tu as le monde au creux de ta main, ma fille. Tu as le pouvoir de changer la vie de n'importe qui. »

Je n'eus jamais autant d'ambition. J'écris avec la seule intention d'offrir aux lecteurs une bonne histoire et comme je n'ai pas encore de lecteurs, la compagnie de mes personnages me divertit. Mais c'était l'occasion de vérifier le pouvoir de mes mots une fois pour toutes, de confirmer que c'était bien ma rédaction qui avait modifié la biographie de Jeanne d'Arc.

J'appelai le serveur en agitant les bras. Saisissant l'urgence, il se précipita à ma table. Il tira son calepin et son stylo et me demanda si je désirais un autre jus d'orange. En pointant sa main, je lui répondis : « Je voudrais vous emprunter votre stylo et un bout de papier. » Il jeta un regard circulaire, puis il me sourit, pensant que je voulais transmettre un message galant. Mais à qui? Il n'y avait aucun garçon de mon âge dans ce restaurant!

Je gribouillai une histoire toute courte, à toute vitesse, tellement que j'eus de la difficulté à me relire :

86

Julie est loin de songer qu'un hanneton vrombissant se tient caché dans sa salade. Le hanneton ne pourra résister à l'odeur du silicone.

Une fois le point final apposé, Julie sauta de sa chaise en hurlant. Le serveur courut à sa table, suivi de près du maître d'hôtel, puis du gérant. Personne ne parvenait à comprendre ce qui se passait. Peut-être que madame désirait un verre d'eau, un médecin? Elle parvint enfin à leur dire, en pleurant et en se tortillant, qu'un hanneton avait plongé dans son vertigineux décolleté.

Le *strip-tease*, il n'y avait pas d'autre solution. On ouvrit la fermeture éclair latérale pour baisser la robe jusqu'à la ceinture. Le hanneton devait être écœuré, car il s'envola par une des fenêtres du restaurant, zigzaguant au-dessus des clients qui criaient, emportés par une hystérie collective. Le gérant se répandit en excuses, jurant que c'était la première fois que ça se produisait, mais le père de Juliette ne voulait rien savoir. Il jeta son veston sur les épaules de sa maîtresse et ils partirent en gueulant.

Une fois revenue à la table, Juliette me raconta qu'une bande de clientes hystériques avait envahi les toilettes à cause d'un inoffensif hanneton qui avait atterri dans le décolleté d'une dinde. Elle eut un rire cruel en apprenant que la dinde en question était justement la Julie, puis, sérieuse : « Et ton père, Jeanne? Lui as-tu parlé? » « Je me suis trompée, son demi-chauve n'était pas mon père. » Là-dessus, je fis de nouveau signe au serveur.

L'addition arriva dans un bel étui de cuir, que j'ouvris avec mille précautions, comme si je désamorçais une bombe. Mais l'explosion était inévitable : le prix du souper s'avérait bien plus affreux que n'importe quel insecte.

Bon, je savais que Juliette avait de l'argent. Mais en avait-elle assez? Elle fouilla dans son sac à main et pâlit soudainement avant de m'annoncer que nous devions choisir entre dormir au poste de police ou passer la nuit à laver de la vaisselle et des casseroles. Je fis mon possible pour conserver mon calme. « Mais tu m'as dit que t'avais de l'argent? » Elle haussa les épaules : « Je pense que je l'ai laissé dans mon autre sac… »

Seule l'idée de m'abîmer les ongles m'empêcha d'étrangler Juliette. Sans explication, je pris le stylo et je filai à la salle de bain. Je m'enfermai là, un moment, cherchant l'inspiration, puis, sur un bout de papier hygiénique, je pondis une finale heureuse à cette soirée.

> Le serveur s'approche de la table et annonce à Juliette qu'il a une surprise pour elle : en tant que millième cliente de l'année, la maison lui offre le repas de ce soir en cadeau.

Je ne m'arrêtai pas là. Tout écrivain est perfectionniste et cherche toujours à améliorer son texte. En effet, j'allais sortir de la salle de bain quand je me souvins que nous n'avions pas assez d'argent pour prendre le taxi. Prendre l'autobus à cette heure-ci n'était pas une bonne idée. Il ne manquait qu'une phrase.

> En plus d'offrir le repas, le gérant met un taxi à notre disposition.

En sortant des toilettes, je fus presque renversée par Juliette. Elle venait en courant m'annoncer la bonne nouvelle : « Devine ce qu'on vient de gagner! » me dit-elle, tout essoufflée.

Cette fois, le chauffeur fut un sale type mal embouché qui fuma tout le long du trajet. Évidemment, il ne nous ouvrit pas la portière en nous donnant du *mademoiselle*. Je n'avais aucune envie de revoir le père de Juliette, et si je dormais chez elle, je courais le risque d'avoir à déjeuner en face de cet hypocrite fini. Pour éviter cette épreuve pénible, je dis à Juliette que, finalement, je ferais mieux de retourner auprès de ma mère qui était un peu abattue par la séparation récente.

Je montai vite à l'appartement de Juliette pour changer de vêtements et je retournai ensuite à pied à la maison. Ce n'était pas très loin, à trois rues seulement, mais ce n'était pas facile de traîner la culpabilité d'avoir douté de mon père. Ma mère me reçut en bâillant : « Tu ne devais pas dormir chez Juliette? » Je lui dis que j'avais changé d'idée. Elle retourna se coucher. J'en profitai pour téléphoner à mon père. Il répondit d'une voix pleine de sommeil, me demandant s'il était arrivé quelque chose. Je n'eus pas le courage de lui raconter l'histoire de la dinde. Je lui dis seulement qu'il était le meilleur papa de la planète, puis lui envoyai un baiser de bonne nuit.

Je me sentais mieux après l'appel, mais j'avais encore envie d'une épaule sur laquelle me reposer. En passant devant la chambre de grand-maman Nina, je remarquai qu'elle ne dormait pas. Pour passer le temps, elle grattait le mur avec ses ongles. Peut-être que ces signes mystérieux qu'elle dessinait sur le mur signifiaient quelque chose, comme ceux qu'on trouve dans les cavernes? Le sourire si léger qui dansait dans ses yeux me rendit un peu jalouse de sa sainte ignorance : ça devait être agréable de vivre ainsi, libre de remords et de peines, sans serrement de gorge qui donne le sentiment d'être un édifice au bord de l'implosion.

Je mis du temps à trouver le sommeil. Une fois que je fus endormie, les cauchemars se succédèrent à un rythme de film d'aventure, avec scènes de suspense et une pointe d'horreur. La scène du début se déroulait à La Toque d'or. Sans argent pour payer le repas, on m'emmenait au poste de police et, pendant le trajet, j'appelais à la maison grâce au cellulaire cloné d'un trafiquant emmené avec moi dans le fourgon. Mon père passait au restaurant pour régler l'addition et venait ensuite au poste pour montrer le reçu. Mais cela n'était pas suffisant pour me libérer. Le policier – qui avait le visage du père de Juliette – avait expliqué que je n'étais pas détenue pour avoir tenté d'obtenir un repas gratuit, on ne met personne en prison pour ça. Le vrai motif de mon incarcération était l'assassinat d'un innocent : mon imagination criminelle, lors de ma rédaction, avait condamné au bûcher le personnage de Louis-Auguste. J'essayais de plaider que mon intention était de sauver Jeanne d'Arc, mais ma voix était étouffée par les cris de la foule qui encerclait le poste de police en scandant : « Sorcière! Sorcière! Donnez-nous les cendres de la sorcière! » On m'emmenait alors à l'école pour y subir un procès sommaire. La directrice ajustait ses lunettes en écailles de tortue avant de me traiter de sorcière, de pseudo prophète, d'invocatrice de mauvais esprits, de conspiratrice, de brebis égarée, de sacrilège, d'idolâtre, d'exécrable, de maligne, d'assoiffée de sang, et… Ah oui! de gauchère! Écrire de la main gauche était un signe évident que j'étais liée au démon. Après la lecture de la sentence, madame Sicotte enfouissait sa main dans une urne pour en tirer un petit papier plié, puis annonçait le nom de la gagnante du tirage : Danyelle! Le prix? Une boîte d'allumettes pour allumer le fagot de mon bûcher. À ce moment, la télévision arrivait pour la transmission de mon exécution. Malgré la fumée, la présentatrice vedette bravait le feu, risquait sa vie pour obtenir une entrevue exclusive. Alors qu'elle me demandait si j'espérais devenir une sainte, je suis tombée du lit en lâchant un cri qui réveilla toute la maisonnée.

❀

Ma mère entra dans ma chambre, apeurée, et me demanda ce que je faisais à plat ventre par terre. J'avais envie de lui rétorquer que j'étais en train de chercher de petits coquillages, de chasser une bestiole ou de réparer le sommier du lit, mais je ravalai mon ironie et marmonnai que je venais d'atterrir d'un cauchemar. Elle essuya ses yeux avec sa chemise de nuit en me disant que j'avais bien de la chance : mon rêve était peut-être horrible, mais tous les monstres et les fantômes s'évanouissaient à mon réveil. Dans son cas, le cauchemar commençait en ouvrant les yeux sur l'oreiller déserté par mon père.

Au lieu de m'aider à me lever, ma mère s'assit par terre à mes côtés et me supplia de sauver son mariage. « Solange prétend que tu peux tout. Sur le coup, j'ai pensé que c'était des folies, mais à bien y penser, ça pourrait être vrai. Elle était si impressionnée par les lignes de ta main… Qui sait, si tu parlais à ton père et parvenais à convaincre cette tête dure de revenir à la maison ? »

Le réveille-matin se mêla à la conversation pour me rappeler que l'examen était aujourd'hui. Je promis à ma mère que je trouverais un moyen, je me changeai et je courus à la salle de bain. Je sursautai en me voyant dans le miroir : les joues fripées, des cernes caverneux et pas un seul cheveu à sa place ! Mais le pire effet secondaire de ma nuit cauchemardesque se tenait là, sur mon front, bien au centre, entre mes sourcils : un bouton qui me donnait un air de rhinocéros. Je m'approchai si près du miroir que je finis par embuer le reflet de mon visage. Le péter ou ne pas le péter, telle est la question ! Ce doute existentiel me faisait perdre un temps fou. Je le tâtai du bout de l'ongle, mais la douleur me fit vite changer de tactique. Et si j'empruntais une des crèmes miraculeuses de ma mère pour le camoufler ?

J'étendis la moitié du pot sur le bouton. Quand je sortis de la maison, j'étais super en retard. L'autobus de 8 h 15 tardait tellement que je décidai de me rendre à

93

l'école à pied. Mauvaise idée! Je suai jusqu'à mouiller ma blouse, la crème me dégoulinait dans le visage et mes cernes étaient encore plus creusés. C'est avec ce masque horrifiant que je croisai Gus, à l'entrée de l'école, qui mâchait de la gomme, son cahier d'histoire sous le bras.

Je détournai le visage pour cacher mon bouton, mais Gus m'interpella d'un sifflement irrésistible. Je regardai ma montre et je lui dis que la cloche sonnait dans une minute et que je ne pouvais pas manquer l'examen d'histoire. Son haleine de gomme – menthe et eucalyptus – me donnait le frisson! Je lui dis qu'il fallait se dépêcher, mais il me retint par le bras et me posa cette question inespérée : « Aimes-tu le cinéma? » Avant même que je puisse reprendre mon souffle, il m'invita au cinéma à l'occasion de la sortie en fin de semaine de *L'Androïde exterminateur III*, le dernier épisode de sa série préférée.

Gus m'assura que le film était pure adrénaline, ce qui me fit songer au destin étrange de certains mots. Adrénaline, par exemple. J'ai vérifié dans le dictionnaire justement, l'autre jour. Adrénaline : substantif féminin, substance incolore que l'on trouve dans les organismes des animaux, y jouant un rôle important dans diverses fonctions physiologiques. Cela dit, tous les gars de l'école utilisent adrénaline comme un adjectif, en abusent même, pour qualifier n'importe quoi qui les enthousiasme : un film d'action, une finale de série éliminatoire ou un *cheeseburger* à trois étages dégoulinant de mayonnaise et de ketchup.

Chaque fois qu'un camarade de classe me raconte que telle chose est pure adrénaline, ça m'agace. Maladie d'écrivaine, sûrement. Le plus drôle, c'est que dans la bouche de Gus, cette expression usée et banale gagnait une originalité insoupçonnée, une touche de poésie que je n'avais jamais remarquées auparavant. J'acceptai bien sûr l'invitation. Je n'avais jamais vraiment été attirée par ces westerns du futur dans lesquels des robots ont pour mission de secourir la planète et qui, pour ce faire, détruisent des villes entières et assassinent presque toute la distribution. Je n'avais pas vu les deux premiers épisodes, mais je jurai à Gus que j'adorais l'Androïde exterminateur. Nous convînmes de nous rejoindre à 18 heures, dimanche, devant le cinéma Paradis II. ⚡

Comme une fiancée abandonnée

Même si je n'avais pas étudié pour l'examen, ça n'aurait pas valu la peine de me stresser : dans le cas où une question m'aurait embêtée, je n'aurais eu qu'à inventer une réponse et mon histoire serait devenue Histoire. Cela dit, je n'eus pas besoin de recourir à mon imagination, puisque l'examen était facile et ma mémoire suffisait à la tâche. C'est-à-dire, facile pour moi, qui connaissais à fond la nouvelle biographie de Jeanne d'Arc. Presque tous les autres camarades de la classe semblaient confus, n'arrivant pas à se décider entre la sainte officielle, présentée par l'Église, ou la *pop star* que s'arrachaient encore les médias.

Pour lever cette incertitude, Mikaël demanda, en sa qualité de représentant de la classe, laquelle de ces deux biographies les élèves devaient choisir. Apollon déclara, en me souriant, qu'il n'existait qu'une seule Jeanne d'Arc. Toute la classe comprit le message et se mit à reluquer ma copie. Le problème, c'est que je n'avais pas la tête au Moyen Âge, mais plutôt aux héros et aux guerriers du futur, l'Androïde exterminateur, par exemple, que j'irais voir bientôt au cinéma, ma tête sur l'épaule de Gus.

Après une nuit de cauchemars, j'étais finalement en train de faire de beaux rêves… sans risquer de tomber en bas de mon lit! Mon *ego* avait de quoi s'enfler un peu; quand même, ce n'est pas toutes les filles qui, après s'être réveillées avec un bouton au milieu du front, pouvaient se vanter d'avoir reçu une invitation du plus beau gars de l'école.

Gus assistait toujours aux cours au fond de la classe, mais, ce jour-là, il s'assit à côté de moi. Je voulais en profiter pour vérifier si son écriture était la même que celle du billet anonyme qu'on avait laissé sur mon pupitre, mais sa page était blanche. Comme lui d'ailleurs! Je me demandai d'abord si sa pâleur était due au trouble d'être tout près de moi, mais je revins bien vite sur terre pour déduire qu'il était en fait bien mal pris, parce qu'il ne savait rien de rien de la vie de Jeanne d'Arc et qu'un zéro bien joufflu l'attendait!

Le pire, c'est qu'il n'était pas le seul dans cette situation. Jetant un coup d'œil autour de moi, je me rendis compte qu'à peu près personne n'avait touché sa copie d'examen. La majeure partie de la classe restait bloquée à la première question. Chacun faisait semblant de réfléchir en mordillant son stylo, en taillant ses crayons, en limant ses ongles avec sa règle. Il n'y avait pas grand risque pour moi de donner un coup de pouce à Gus et, par le fait même, au reste de la classe. Il me suffisait d'écrire en grosses lettres bien tracées afin de permettre à qui le voulait de lire mes réponses sans se donner un torticolis.

Gus en fut si reconnaissant qu'il me paya une friandise à la récréation. Mais la surprise du jour survint toutefois chez moi, lorsqu'en ouvrant mon sac à dos pour savoir ce que j'avais à faire pour le lendemain, je fis la découverte d'un nouveau billet dans mon cartable :

> Tu vaux un « 10 », Jeanne : belle, intelligente, sympathique et, par-dessus le marché, généreuse avec les camarades. Merci pour le coup de main, mais, pour dire la vérité, j'avais du mal à me concentrer sur ta copie. J'étais hypnotisé par le petit grain de beauté entre tes sourcils; un charme! Comment ça se fait que je ne l'avais pas remarqué avant?

Les compliments me montèrent à la tête : c'était trop! Je lus et relus le billet jusqu'à l'apprendre par cœur, mot pour mot. Je le pressai contre ma bouche, les yeux fermés. Je me récitais le poème à voix haute. Bon, le billet était écrit en prose, il ne rimait pas, mais les phrases sonnaient à mes oreilles comme des vers : je me sentais la muse inspiratrice d'un sonnet composé d'alexandrins aux rimes recherchées. Je jetai un regard de côté vers le miroir et je me mis à raconter à mon propre reflet que Gus, oui le Gus qui occupait toutes mes pensées, était complètement fou de moi. Comment je le savais? Voyons! Seul un garçon fou d'amour pouvait confondre ma *corne de rhinocéros* avec un charmant grain de beauté.

Mon reflet ne semblait pas très convaincu et commença à argumenter : le billet n'est pas signé, comment peux-tu être certaine qu'il est de Gus? J'en suis sûre, ai-je répliqué. Il m'a attendue à l'entrée de l'école pour m'inviter au cinéma : il n'a pas besoin de signer ses messages pour me dire qu'il veut sortir avec moi.

Je me rendis au salon en secouant le billet pour téléphoner à Juliette : je ne pouvais plus garder ce secret coincé au fond de ma gorge. Mais à peine avais-je dit allo qu'elle me rappela que la loterie de la Dany était dans quelques jours seulement et que toute l'école était déjà excitée.

Oui, je me rappelais que Danyelle se faisait percer de nouveau et que, selon les règlements de cette nouvelle loterie, le garçon qui devinerait l'endroit exact de ce perçage secret aurait droit de donner deux baisers à Danyelle, un à l'endroit percé et l'autre en pleine bouche, avec la langue! Je jouai l'indifférente : « Qu'est-ce que ça peut me faire? » Juliette étouffa un rire avant de me répéter le potin de l'année : la rumeur à l'école prétendait que cette fois, l'anneau doré ornait la tétine!

Ça m'a pris un quart de seconde pour saisir que Juliette parlait du bout du sein. Elle est tellement bébé qu'elle parle encore de tétine! Je dis que je n'y croyais pas. Je suis sûre qu'à l'autre bout du fil, elle devait avoir levé les sourcils avant de me répondre : « Pourquoi? Tu penses que Dany n'en aurait pas l'audace? » « C'est pas l'audace qui lui manque, c'est les seins! » et j'ai raccroché en éclatant de rire.

Ma mère, qui venait d'arriver au salon, me demanda la raison de tant de bonne humeur. J'aurais tellement aimé lui montrer le billet passionné de Gus et lui annoncer qu'il m'avait invitée au cinéma, mais comment parler d'amour avec une femme qui vient de se séparer? Je mis le billet dans la poche de mon pantalon et je parlai d'autre chose : « J'appelle papa. Tu te souviens que tu m'as demandé de lui parler? »

Évidemment, c'est Wendy, la secrétaire, qui répondit. Je ne m'imagine pas être un jour jalouse d'une secrétaire qui met des bas avec ses sandales, porte des bijoux en forme de lutin et vernit chacun de ses ongles d'une couleur différente, mais ma mère dit que nue, n'importe quelle femme devient élégante. C'est pourquoi elle a toujours essayé en douce de persuader mon père d'engager une autre secrétaire, plus discrète.

L'agenda du docteur Nelson était complètement rempli cette semaine. Je prétendis que ça ne pouvait pas attendre. La secrétaire en déduisit qu'il s'agissait d'un mal de dents : « Bon, vous pouvez venir maintenant. » Pendant que je me changeais, ma mère alluma une fois de plus une chandelle pour invoquer sainte Jeanne d'Arc.

Mon père me reçut en m'embrassant et en me serrant dans ses bras, mais avec la puce à l'oreille : comment ça, un mal de dents, à peine un mois après avoir terminé le traitement? Il alluma un réflecteur et m'examina les dents à l'aide de ce curieux petit miroir rond. Ne voyant rien d'anormal, il me demanda d'où venait la douleur.

Je restai un moment en silence, ne sachant par où commencer. J'avouai finalement que je n'avais pas mal aux dents, mais au sourire. Depuis qu'il était parti, il ne restait plus grand raison de sourire : Alex était plus insupportable que jamais, grand-maman Nina moins animée que le cactus et je dormais mal sans mon baiser de bonne nuit sur le bout du nez. Mais la plus malheureuse était ma mère : ça me faisait de la peine de la voir souffrir. Quand elle revenait de la faculté, elle s'enfermait dans sa chambre pour feuilleter l'album de photos, en étouffant ses pleurs dans l'oreiller.

Mon père m'écouta, tête basse, en tentant de cacher son visage derrière le petit miroir rond. Une fois mon témoignage achevé, il replaça une mèche de ma frange, en me demandant si je venais de la part de ma mère. Je jouai l'offensée, jurant que non, mais non voyons, quelle idée! Elle ne pouvait même pas s'imaginer que j'étais ici, en ce moment.

M'a-t-il crue? s'il s'était agi d'une question d'examen à choix multiples, j'aurais coché « non ». Il n'insista pas. Il me dit qu'il souffrait aussi; nous lui manquions beaucoup, Alex et moi; ce n'était pas facile de vivre séparé de la famille. Peut-être qu'il reviendrait un jour à la maison, mais avant de prendre quelque décision que ce soit, il avait besoin de mettre de l'ordre dans sa tête et dans son cœur, n'étant plus sûr de rien, excepté que la salle d'attente débordait et qu'il ne pouvait discuter de ça plus longtemps.

Je sentis bien qu'il valait mieux ne pas insister et je le serrai dans mes bras sans rien dire. Mon père ne dit rien non plus, il me donna seulement un petit bisou sur le bout du nez.

En arrivant à la maison, je tombai sur une porte ouverte. Ma mère faisait les cent pas avec, dans les bras, l'image de Jeanne d'Arc qu'elle laissa quasiment tomber en me voyant sortir de l'ascenseur. « Puis? As-tu réussi à parler à ton père? Dis-moi la vérité : reviendra-t-il? »

Je n'eus pas le courage d'avouer l'échec de ma mission diplomatique. Évitant son regard, je dis que mon père n'en pouvait plus de vivre loin de ses enfants, de grand-maman Nina et de sa femme – en particulier de sa femme. Il avait promis qu'il reviendrait bientôt à la maison.

Elle me demanda si je disais la vérité, mais n'attendit pas ma réponse pour célébrer la nouvelle. Elle donna un baiser à la sainte, un autre à moi, en disant qu'elle adorait ses deux Jeanne, puis se mit à valser à travers le salon, l'image de la sainte dans les bras.

Je regrettais de la bercer d'illusions, mais il était trop tard pour revenir en arrière. La seule façon de défaire un mensonge? Inventer une vérité! Je me réfugiai dans ma chambre pour écrire sur du papier brouillon :

Mon père va redevenir amoureux de ma mère et revenir en courant à la maison, se transformant en un romantique compulsif.

J'essayai tous les trucs connus pour se débarrasser des verrues et des boutons d'acné : pâte dentifrice, eau de Javel, sauce de piment et même un mélange de miel et de sable, censé être, selon une de ces revues pour toute la famille, « un remède fantastique contre la véritable épidémie qui abîme la peau et l'estime de soi de nos adolescents. » J'eus même à l'occasion recours à des traitements-chocs. Au début de l'année, le jour de l'anniversaire de Gus, un bouton m'était sorti entre le nez et la bouche; ces boules de pus adorent apparaître les jours de fête. J'avais essayé de m'en délivrer avec un rasoir jetable, provoquant presque une hémorragie. En plus de ne pouvoir assister à la fête, j'avais passé la fin de semaine barricadée dans ma chambre, le visage enfoui dans l'oreiller pour cacher au monde ma moustache de pansement adhésif.

Je ne comprends pas la logique des boutons. Certains naissent prématurés, sans la moindre chance de survie, pour se mettre tout à coup à enfler, palpiter et se transformer en un Everest de sang et de pus. D'autres, qui à première vue ressemblent à de méchants oursins, disparaissent sans laisser de traces et nous font croire aux miracles! C'est ce qui se passa avec mon plus récent bouton, cette corne qui me poussa entre les sourcils et qui me faisait sentir comme un rhinocéros préhistorique.

Au sortir de la douche, je me regardai dans le miroir : pas un bouton au visage. J'aurais normalement célébré ce miracle en donnant un baiser à mon reflet, mais cette fois-ci, j'étais un peu embêtée et même contrariée. Qu'était-ce qu'un malheureux bouton… du moins, pour Gus, qui dans le dernier billet anonyme se mourait d'amour pour ce faux grain de beauté?

Il fallait faire quelque chose pour récupérer cette marque déposée. Comme fouiller dans la trousse de maquillage de ma mère pour trouver de quoi me peindre un petit point au front avant d'aller au cinéma.

En faisant semblant de regarder les affiches de film, je jetai un œil sur la file au guichet, mais aucun signe de Gus. Je demandai au responsable du maïs soufflé l'horaire de projection. Encore dix minutes avant le début de la première séance, donc, trop tôt pour paniquer. Relaxe, Jeanne-Dalva, relaxe, ton futur premier amoureux est sûrement en route, tu sais bien comment est la circulation, il va apparaître d'un moment à l'autre et cette inquiétude va s'évanouir. Vous allez entrer ensemble, main dans la main, dans la salle obscure et enfin échanger un baiser au goût d'arachides et de maïs soufflé!

Fantasmer sur ce baiser me calma. Je pensai prendre place dans la file du guichet, mais je ne voulais pas vivre l'humiliation de me retrouver devant la barrière de l'entrée de la salle, avec deux billets inutiles, et défoulant ma colère sur ma mâchée de gomme. Le pire serait de croiser quelqu'un de l'école, genre Danyelle, qui me demanderait, me voyant seule, qui j'attendais?

Quand je retournai demander l'heure au responsable du maïs soufflé, il était 18 heures. Afin de ne rencontrer personne de ma connaissance, je traversai la rue et je m'embusquai au fond d'un petit restaurant, d'où je pouvais surveiller l'entrée du cinéma. La serveuse sortit de derrière sa caisse et s'approcha de moi pour me demander ce que je désirais. Mon seul désir en ce moment était de disparaître de la face de la terre, mais j'épargnai à la serveuse ma mauvaise humeur et lui commandai une boisson gazeuse avec un sourire plaqué.

Je me sentais si petite que j'avais le sentiment que je pouvais me cacher derrière la canette. Chaque couple qui entrait au cinéma me laissait encore plus petite. Même sans la moindre sensation de soif, je bus mécaniquement la boisson gazeuse. Je me mis ensuite à faire un bracelet de nœuds avec les pailles, assez joli, en fait, mais je le jetai. À quoi bon la coquetterie? Pour qui?

Je regardai l'horloge murale : 18 h 13. Le guichet était toujours ouvert pour les couples retardataires, manifestement plus intéressés par l'obscurité de la salle que par le film lui-même. Valait mieux payer l'addition et s'en aller. En déposant l'argent sur le comptoir, je croisai mon reflet dans le métal de la distributrice de serviettes de papier. C'est à ce moment que je compris tout : l'invitation au cinéma n'était qu'un coup monté. Ce que désirait Louis-Auguste, cette espèce d'androïde exterminateur, c'était de m'amadouer pour que je l'aide pendant l'examen d'histoire.

Pendant que j'attendais ma monnaie, j'arrachai une serviette de papier pour essuyer ce faux grain de beauté ridicule.

C'est impossible d'oublier le plus beau gars de l'école comme ça, d'un coup, mais en ouvrant la porte de l'appartement, mon complexe de fiancée abandonnée au pied de l'autel s'évapora. Mon père était assis sur le divan du salon et regardait un match de hockey, une main sur la télécommande et l'autre sur la cuisse de ma mère.

Voir ces deux-là enlacés était déjà un sujet d'étonnement, mais ce qui me fit tomber la mâchoire jusqu'à ce qu'elle roule à leurs pieds, c'était de voir ma mère regarder une partie de hockey. Elle n'avait jamais montré le moindre intérêt pour ce jeu, même durant les séries éliminatoires. Mais la voilà en train de critiquer les tactiques de l'entraîneur, de suggérer de changer le gardien et de crier des noms à l'arbitre pour une décision douteuse.

J'arrivais à la fin de la partie et il faut croire que je portais chance malgré tout : dans la dernière minute de jeu, les Canadiens marquèrent un but pour l'emporter 1 à 0. Au lieu de jeter les coussins en l'air, comme il en avait l'habitude, mon père enlaça ma mère en lui donnant un baiser. C'est là qu'elle m'aperçut dans le cadre de la porte. Avec cet air que nous prenons tous quand nous sommes pris en flagrant délit, elle s'exclama : « Toi, ici? » Mon père ne se montra pas plus inspiré en me demandant comment j'avais trouvé le film.

Comment avouer que j'avais passé une demi-heure

à l'entrée d'un cinéma à attendre un faux prince charmant? Je répondis que j'en avais assez de ces histoires de science-fiction, pleines d'androïdes et d'exterminateurs, et que ce que j'aimais vraiment, c'était les bons drames romantiques, de préférence en noir et blanc, qui se terminaient sur une lune argentée, accompagnée du mot *Fin* et d'une musique orchestrale.

Mon père ouvrit les bras et je m'y réfugiai à toute vitesse. Au début, ce n'était qu'un gémissement sec, presque inaudible, puis peu à peu, la peine monta jusqu'à ma gorge et je ne pus contenir mes sanglots. Je pleurai comme un bébé, inondant sa belle chemise blanche en lin.

Inquiété par ma réaction, mon père voulut savoir ce qui me rendait si triste. Je fus obligée de jouer : « Triste, moi? Je pleure d'émotion, c'est tout. Je suis tellement contente de vous voir réunis de nouveau, maman et toi, que ça m'a toute chamboulée. Tu restes avec nous maintenant, hein? » Ma mère s'empressa de me rassurer en disant que nous étions redevenus une famille à part entière et que plus rien ne nous séparerait jamais, « n'est-ce pas, chéri? » Mon père fit signe que oui de la tête et proclama que le moment méritait d'être célébré.

Pendant qu'il allait chercher une bouteille de vin mousseux, ma mère alluma la chaîne stéréo et mit de la musique joyeuse qui donnait envie de danser. Je n'avais pas le cœur à la fête et je sortis en douce du salon, mais je fus presque renversée par mon frère qui courait partout en lâchant des petits cris de joie, surexcité par la victoire des Canadiens et par le retour de mon père.

Je n'avais qu'une envie : me barricader dans ma chambre, me boucher les oreilles avec mes oreillers et fuir tous les sons, les bruits et les voix, surtout celle de Gus, qui hantait obstinément mon imagination avec mille et une excuses pour m'avoir abandonnée à la porte d'un cinéma. Mais j'étais fatiguée d'être seule et, en y pensant bien, il n'y a pas d'oreiller qui se compare à quelque épaule que ce soit, même celle d'un petit frère maigrelet et dingo.

Étendue sur le dos, grand-maman Nina fixait une mouche collée au plafond. L'une et l'autre semblaient figées dans le jeu de la barbichette : « Je te tiens par la barbichette, tu me tiens par la barbichette, le premier qui rira aura une tapette! » Je sentais bien que la partie durerait toute la nuit et finirait par un match nul, à moins que la mouche ne s'envole ou que ma grand-mère ne s'endorme.

Le tiroir de sa table de chevet contenait une collection de comprimés à faire monter l'eau à la bouche de n'importe quel hypocondriaque. Sur la table est posé en permanence un agenda où sont notés l'horaire et les doses de chacun des médicaments, ainsi que le numéro de téléphone de la pharmacie, de l'hôpital et du médecin. Dans un coin d'une page de cet agenda, j'écrivis en toutes petites lettres impossibles à déchiffrer :

> *La mouche va s'envoler*
> *et sortir de la chambre!*

À peine le point d'exclamation apposé, l'insecte prit son envol et s'échappa par la fenêtre entrouverte. Comme prévu, grand-mère Nina, ayant perdu l'objet de son attention, détourna son regard du plafond, mais sans pour autant le porter vers moi. Elle se tourna avec difficulté sur le côté pour retourner à son passe-temps favori : gratter la peinture du mur avec ses ongles.

Cette manie lui venait du temps de son internat. Les parents de ma grand-mère possédaient une ferme et comme il n'y avait pas de bonnes écoles dans les villages du coin, ils étaient obligés de l'envoyer dans un pensionnat de Rio de Janeiro, la capitale du Brésil à l'époque. Grand-mère fut envoyée très jeune, vers l'âge de huit ans, dans ce pensionnat. Au début, elle restait au lit toute la journée, pleurant et vomissant pour convaincre les religieuses qu'elle ne pouvait s'adapter à pareil régime militaire et devait être renvoyée chez elle. Dans sa tête d'enfant, elle préférait être une analphabète heureuse plutôt que de mourir de tristesse au milieu de livres. Rien à faire. Les religieuses estimaient que les étourdissements et les évanouissements n'étaient pas une raison suffisante pour la dispenser des activités normales du pensionnat : assister aux cours, aller aux offices religieux et se joindre aux jeux de la récréation.

Le mieux aurait été d'écrire à ses parents pour leur dire qu'elle se mourait d'ennui et leur demander de la retirer, pour l'amour de Dieu, de cette prison où même les jeux étaient des punitions. Sauf qu'à cette époque, grand-mère Nina, ne connaissant que les voyelles et quelques consonnes, n'était pas en mesure d'appeler à l'aide. De toute façon, elle était coincée puisque, même en demandant à une camarade plus âgée de lui écrire sa lettre, ça n'aurait pas marché : la correspondance des élèves passait par la censure d'un comité de religieuses avant d'être postée ou jetée à la poubelle.

Si les jours à l'internat étaient difficiles, les nuits y étaient épouvantables. La cour du collège donnait sur une forêt et grand-maman Nina dormait près d'une fenêtre. C'est-à-dire, essayait de dormir. Les yeux et les oreilles grandes ouvertes, elle passait la nuit à écouter les cris des loups-garous, des sacis, des mules sans tête, des feux follets, des curupiras et des caiporas qui infestaient les forêts du Brésil et qui, selon la religieuse qui enseignait le folklore, sortaient la nuit pour sucer le sang frais des élèves qui faisaient semblant d'être malades pour échapper aux cours ou quitter l'internat.

Ne parvenant pas à trouver le sommeil, ma grand-mère se mettait en boule dans son lit et grattait le mur du dortoir à se rogner les ongles. Le passe-temps l'aidait à combattre l'insomnie et, peu à peu, était devenu une manie.

111

Ça fait un bout de temps que grand-maman Nina est malade, mais je me souviens, comme si c'était hier, que tous les soirs elle me racontait des bouts de son enfance au Brésil. Elle était venue habiter avec nous au Québec après le décès de son mari. Chaque fois, à l'heure du thé, elle prenait une petite gorgée, se brûlait le bout de la langue et calmait la douleur en mordant dans une rôtie. En attendant que son thé refroidisse, elle se remémorait ses aventures de pensionnat et me racontait, une fois de plus, le jour où la classe entière fut suspendue à cause d'une chauve-souris morte plongée dans le bol de soupe de la mère supérieure; ou quand l'enseignante de latin, si pointilleuse sur la prononciation, en avait projeté son dentier hors de la bouche; ou bien quand une camarade s'était cachée dans le confessionnal, à la place du prêtre, pour découvrir les péchés des élèves et des enseignantes.

Je connaissais ces histoires par cœur, mais chaque fois qu'elle me demandait si elle m'avait déjà raconté un épisode ou un autre, je disais toujours que non ou que je ne m'en souvenais pas… Elle prenait alors une autre petite gorgée de thé avant de me raconter les nuits d'insomnie au dortoir, les plans infaillibles et mirobolants des élèves pour ridiculiser les religieuses et tromper l'ennui du foyer familial.

L'hémorragie cérébrale mit un terme aux histoires

de grand-maman Nina, mais les miennes ne font que commencer. Même si je savais qu'elle vivait désormais sur une autre planète, je m'agenouillai au bord de son lit et je lui racontai mon abandon à la porte d'un cinéma et combien je me sentais la dernière des adolescentes. Et maintenant, que faire?

Je voulais un conseil, mais je n'entendis qu'un gémissement : ma grand-mère dormait la bouche ouverte, la langue légèrement pendante. Je regardai ma paume gauche. J'eus alors l'idée la plus absurde et la plus prétentieuse du monde.

Je connaissais mal l'étendue de mon pouvoir, mais j'avais dernièrement sauvé Jeanne d'Arc du bûcher, enfoui un hanneton dans le décolleté d'une dinde, mangé gratuitement dans un restaurant de luxe, sauvé le mariage de mes parents et chassé du plafond une mouche obstinée. Possédais-je le pouvoir de tirer ma grand-mère du règne végétal?

Ça ne me coûtait rien d'essayer. J'empoignai un stylo pour écrire dans l'agenda :

> *Grand-maman Nina va guérir.*

J'éteignis la lampe avant de sortir de la chambre, laissant ma phrase faire effet.

113

Un strip-tease pour les moins de 18 ans

Le réveille-matin est l'invention la plus accomplie des êtres humains. Les grille-pain laissent brûler les rôties, les avions transportent des terroristes suicidaires et les centrales nucléaires ne sont pas plus sûres que les volcans endormis. Les réveille-matin, eux, ne font jamais défaut. En tout cas, le mien ne rate jamais. C'est pourtant un modèle *made in China*, ce qu'il y a de plus bas de gamme. Il m'a coûté à peine cinq dollars. Je me disais : « il ne tiendra pas l'heure; ce sera une bonne excuse pour rater le cours du matin, de temps en temps. » Eh bien, il est d'une implacable ponctualité et ne manque jamais de me tirer du sommeil, pour mon plus grand désagrément, surtout à la suite d'un dimanche soir perdu devant l'entrée d'un cinéma.

J'aurais tout donné pour passer ce lundi au fond du lit, sous les couvertures, pour éviter l'humiliation de me retrouver devant cet hypocrite de Louis-Auguste, sous les regards de toute l'école. Je flanquai une grande tape à ce maudit réveille-matin, l'envoyant valser par terre. Il continua malgré tout de sonner comme un perdu jusqu'à me tirer du lit. Heureusement, il y avait encore une place libre dans l'autobus et je pus somnoler pendant le trajet.

Je somnolais encore quand j'entrai sur le terrain de l'école. Au beau milieu de la rampe qui mène à l'entrée de l'école, j'aperçus un sac à dos dans un des arbres de la façade. Je pensai d'abord qu'il était accroché à une branche. Mais pourquoi? Par qui? Je m'approchai, puis je sursautai : le propriétaire du sac pleurait, appuyé au tronc, le visage dans les mains.

Je ne pouvais voir que le dos du garçon, mais ses cheveux bouclés me donnaient un bon indice : « Junior? » Il ne me répondit pas. Il ne m'avait peut-être pas bien entendue, à cause de ses pleurs. Je réessayai plus fort. Toujours pas de réponse. Je me rendis alors jusqu'à l'arbre. En lui prenant le bras, je tentai de nouveau d'attirer son attention : « Junior, réponds-moi! »

Après beaucoup d'insistance de ma part, il finit par s'essuyer les yeux avec la manche de sa chemise et me demanda, sur un ton de menace presque : « S'il te plaît, Jeanne-Dalva, si tu es vraiment mon amie, ne m'appelle plus jamais Junior. Compris? » « Oui », répondis-je.

En fait, non, je ne comprenais pas ce qui se passait. Junior, ça fait plutôt enfantin, mais ce n'est pas une raison pour pleurer de honte contre un arbre, quand même!

J'ai toujours pensé que chacun devrait pouvoir choisir son propre prénom. À sa naissance, le bébé

115

recevrait un prénom temporaire – ou pourquoi pas un numéro. Plus tard, à l'adolescence, par exemple, il choisirait lui-même son prénom définitif. Cela peut sembler stupide à première vue, mais ça éviterait bien des tragédies. Ma mère avait un cousin du deuxième degré qui avait hérité de son parrain le prénom d'Anaclète. Il a passé sa vie à subir les surnoms les plus humiliants. Rejeté par les femmes et même par les employeurs, il a fini par se suicider en avalant une bouteille pleine d'un calmant au nom qui sonnait comme le sien. Dans son message d'adieu, il a admis que son plus grand désir était de mourir dans l'anonymat. Aussi, son ultime et unique demande était qu'on n'inscrive rien sur sa pierre tombale, seulement les dates de sa naissance et de son décès.

Il faut être doté d'un équilibre psychologique hors du commun pour s'appeler Anaclète sans entrer en dépression ou songer au suicide; mais le premier prénom de Junior n'était ni ridicule ni obscène, alors je ne comprenais pas sa demande : « Et je peux savoir pourquoi? »

La cloche sonna. Le professeur de mathématiques  faisait ce matin une révision des problèmes de la semaine, mais j'étais pour l'instant bien plus préoccupée par les problèmes de Junior. Je restai donc près de lui jusqu'à ce qu'il trouve le courage de me raconter qu'un voleur avait fait intrusion chez lui. Toutes les fenêtres sont grillagées, les portes sont verrouillées à double tour et Freddy passe la nuit à l'extérieur pour tenir à distance le moindre matou qui ose se montrer le bout du museau. Le voleur s'est pourtant facilement introduit dans la maison, comme s'il possédait un double de la clé. Il est allé directement à la chambre de Solange, a ouvert son armoire encastrée et a viré le troisième tiroir de gauche à l'envers, où Solange avait l'habitude de ranger ses bijoux.

Une bonne partie des boucles d'oreilles et des bagues en or avait été emportée par l'ex-mari et ce qu'il avait laissé ne suffisait pas à couvrir les frais des chèques sans provision que celui-ci saupoudrait partout dans la ville. Le plus bizarre, c'est que Solange est allergique aux bijoux. Elle n'en porte donc pas, la plupart du temps. Elle garde pourtant une passion pour les bijoux. Aussi, à mesure qu'elle se remettait des dommages financiers causés par le départ de son ex, elle a reconstitué sa collection. Mais étant maintenant plus avertie, elle conservait ses bijoux dans un coffre à la banque.

Le voleur ne s'est pas découragé en découvrant que le tiroir aux bijoux ne contenait plus que des draps. Sur la pointe des pieds, il s'est mis à fouiller tous les tiroirs de la chambre. Mais ne trouvant rien, il a perdu la tête, vidant les garde-robes de leurs vêtements, virant les tiroirs sens dessus dessous et claquant les portes des armoires.

Solange a fini par se réveiller et a imploré le voleur de ne pas faire de bruit. Elle le suppliait d'éviter cette scène traumatisante à Junior. Or, Junior avait le sommeil léger et le boucan du voleur l'a bien sûr réveillé. Confus,

117

il s'est rendu à la chambre de sa mère. En entendant sa mère jurer qu'il n'y avait aucun bijou dans la maison, pas même une alliance, il s'est réveillé d'un coup.

Lorsque Junior a ouvert la lumière de la chambre, le voleur s'est rué par la fenêtre pour atterrir dans la cour. La mère et le fils, enlacés et penchés sur le rebord de la fenêtre, ont encouragé Freddy à le rattraper, espérant que le chien se régale d'un morceau de cuisse ou de fesse du vilain individu. Le type a malheureusement réussi à escalader le parapet, laissant une chaussure que le chien a mise en pièces avant de l'enterrer.

Encore accoudée à la fenêtre, Solange a avisé qu'elle appellerait un serrurier. Junior était bien d'accord pour le changement de serrures, mais il était surtout décidé à changer de nom.

Ce n'est qu'à ce moment du récit que mes neurones ont crié *Eurêka* : « Attends, es-tu en train de me dire que le voleur… c'était ton père? »

Sa tête baissée était une réponse éloquente. Junior avoua que chaque fois qu'on prenait les présences, il avait l'impression qu'on l'insultait, c'est pour ça qu'il répondait à peine, d'une voix faible. Des fois, il avait envie de se libérer une fois pour toutes de cette honte et dire à tout le monde quelle sorte d'homme était son homonyme de père. Même « Junior » le faisait souffrir, parce que c'était comme un écho, un boomerang et un reflet de son père.

Tout ce que je pus lui offrir comme consolation, c'est que j'aimerais, moi aussi, changer de prénom.

Cela surprit Junior. Après tout, j'avais comme modèle une héroïne adolescente qui était devenue sainte et patronne d'un pays, et non un malade qui entre dans la maison de son ex-femme pour la voler. Je lui expliquai que personne dans la famille ne m'appelait Jeanne-Dalva. Ma mère, professeure d'histoire, ne m'appelle que Jeanne, tandis que mon père ne m'appelle que Dalva, en hommage à sa mère. Autrement dit, j'ai beau avoir deux prénoms, je n'arrive pas à m'identifier vraiment à l'un ou à l'autre.

Après la visite de son voleur de père, Junior n'était pas parvenu à trouver le sommeil, même après avoir tenté tous les trucs, du lait chaud à compter les moutons. Après avoir viré et reviré dans son lit, il avait fini par se lever de nouveau pour aller faire pipi. Là, il s'était regardé longuement dans le miroir. Il essayait d'examiner sa physionomie comme si c'était celle d'un étranger, afin de trouver un autre prénom qui lui conviendrait, un prénom autre que celui de son père. Il voulait une griffe originale et distinctive qui résumerait son âme et son style. Il avait passé un long temps devant le miroir sans rien trouver, même pas un surnom cool. Peut-être que je pourrais l'aider à choisir un nouveau prénom ?

Je lui promis que je jetterais un coup d'œil sur Internet et que j'irais faire un tour à la bibliothèque de l'école : il me semble que j'y ai vu un dictionnaire de noms propres.

La cloche sonna de nouveau, c'était l'heure du

deuxième cours. En marchant vers la salle de classe, Junior sortit une clémentine de son sac à dos pour me l'offrir. Je raffole des clémentines, mais je préférai décliner l'offre. Je ne voulais pas affronter Gus avec de la pulpe entre les dents et du jus collé au menton.

J'entrai dans la classe en fixant mon regard sur le tableau. La logique m'ordonnait en hurlant que je ne devais pas regarder Gus, mais mon cœur était d'avis que je me montrais trop dure; tout le monde a droit à une deuxième chance. Peut-être qu'il ne s'était pas pointé au cinéma à cause de… je ne sais pas, moi, la varicelle?

Je m'assis à mon pupitre et j'essayai de me concentrer sur la leçon d'histoire. Mes yeux suivaient les mots, mais au bout de la première ligne, je ne pus m'empêcher de me tourner vers la classe. Louis-Auguste était bien là, sain et sauf, toujours aussi basané, sans la moindre trace de varicelle. Il semblait d'excellente humeur; il me fit même signe, en me lançant un clin d'œil. Je ne parvins pas à décoder son sourire – repentir, ironie, amnésie? Je me tournai de nouveau vers le tableau.

Monsieur Paul entra dans la classe avec une pile de journaux sous le bras. J'étais encore anesthésiée par le sourire de Gus et, en entendant mon nom, je répondis de façon automatique : « présente! » La classe éclata de rire. C'est alors que je m'aperçus que ce n'était pas la prise de présence. Apollon voulait seulement m'annoncer la bonne nouvelle : mon texte sur Jeanne d'Arc occupait la première page de *L'Œil vif*, le bulletin mensuel de l'école.

Pendant qu'il passait entre les rangées pour distribuer les exemplaires, j'entendis Danyelle chuchoter qu'elle lisait les pages mondaines des grands journaux et n'avait pas le temps ni l'envie de lire ce genre de journal d'amateurs.

Oui, *L'Œil vif* est un petit journal au nombre de pages et au tirage réduits, parsemé de taches d'encre qui salissent les doigts et perturbent la lecture. Tout de même, de voir mon texte publié me remplit d'émotion : je n'étais plus une écrivaine inconnue! Je regardai autour de moi, prête à recevoir les félicitations, les compliments et les tapes dans le dos, mais personne ne s'occupait de la véritable histoire de Jeanne d'Arc. Les gars allèrent directement aux pages sportives pour connaître les résultats du championnat intercollégial de hockey cosom, tandis que mes éventuelles lectrices étaient plongées dans la rubrique astrologique. Même en sachant que le journal était rédigé en entier par les étudiants, elles lisaient avidement leur horoscope, excitées à l'idée qu'elles gagneraient bientôt le gros lot ou connaîtraient l'amour idéal.

À l'heure de la récréation, toute la classe sortit en courant, renversant presque Apollon. Juliette me tapa sur l'épaule : « On y va? » « Où? » lui demandai-je. Elle m'invita à descendre de la lune et me rappela que ce branle-bas de combat était en l'honneur de Danyelle :

121

l'heure était venue de révéler de son deuxième perçage secret!

Je haussai les épaules en disant que j'avais autre chose à faire. Juliette savait bien que je mourais moi aussi de curiosité et me traîna jusqu'à la cour de récréation, où allait se dérouler le strip-tease tant attendu.

Bien sûr, j'exagère : Danyelle n'aura pas l'audace de retirer ses vêtements. Cependant, pour montrer son nouveau perçage, elle sera bien obligée de lever ou de tirer une partie ou une autre de son uniforme – nous assisterons donc à une sorte de strip-tease partiel, sans musique ni lumière tamisée, une exhibition gratuite, permise aux moins de 18 ans. C'était bien innocent, mais les garçons en avaient déjà le souffle coupé. Ils se comportaient d'ailleurs comme s'ils étaient dans une sorte de cabaret, faisant des blagues grasses, riant nerveusement et battant des mains pour encourager la vedette à commencer son numéro.

Danyelle prenait son temps. Elle jeta un coup d'œil sur sa carte. Je ne parle pas de sa carte du ciel. Il s'agissait d'une feuille de bristol sur laquelle les gars avaient tracé deux silhouettes féminines, une de face et l'autre de dos. Ils y avaient piqué, à divers endroits, des dizaines, des centaines de petits numéros qui correspondaient à autant d'élèves. La légende de cette carte était une liste de noms et de numéros placée sous la responsabilité de Mikaël.

Enfin, encouragée par les sifflements, Danyelle défit un bouton, puis un autre, pour ensuite retirer lentement le col de sa chemise. Son épaule, ronde et hâlée, fit perdre la tête aux garçons qui applaudissaient toujours. Elle souriait, étirant le suspense, puis, finalement, elle baissa la bretelle de son soutien-gorge pour exhiber le petit anneau d'or accroché à sa clavicule!

Mikaël s'ouvrit un chemin à travers ses collègues, retira une épingle de l'épaule de la silhouette de carton et annonça à voix haute le vainqueur.

Personne ne fut surpris d'entendre le nom de Gus. Tout le monde soupçonnait que la loterie était truquée. Danyelle n'avait choisi l'endroit de son deuxième perçage qu'après avoir consulté la carte des paris.

En passant près de moi, elle prit son air le plus arrogant avant de jeter tout son venin : « Tu vois, Jeanne; je te l'avais bien dit que je l'aurais. »

Je pouvais supporter d'assister au baiser sur la clavicule, pourvu qu'il soit court et sec, mais regarder mon ex-futur amoureux donner un baiser mouillé à Danyelle, c'était au-delà de mes forces!

Je quittai la foule en jouant du coude et en écrasant des orteils, et je faillis trébucher sur un idiot en train de fabriquer un avion en utilisant une page de *L'Œil vif* – celle de mon texte, en plus! J'arrivai tout essoufflée au comptoir de la cafétéria. Je demandai un stylo et j'écrivis quelques mots à toute vitesse sur une serviette de papier.

Après avoir fourré le bout de papier dans mon sac, j'eus le plaisir d'assister à une scène digne d'un film d'horreur : un nouveau perçage – le troisième – tenait ensemble les lèvres de Danyelle et l'empêchait presque de parler… et encore plus de donner un baiser! Exactement comme je l'avais écrit :

> *Je veux voir apparaître un anneau doré qui ferme la bouche de cette effrontée, tel un cadenas!*

On dut recourir à une lime à ongles pour délivrer Danyelle de cet anneau. Aussitôt qu'elle put ouvrir la bouche, elle se mit à déverser un flot de gros mots, en courant jusqu'à la cafétéria pour me pointer son doigt sous le nez. Elle m'avait vue griffonner sur une serviette de papier et voulait comprendre pourquoi, au même instant, un étrange perçage lui avait fermé la bouche. Pouvais-je lui expliquer cette étrange coïncidence?

Je rétorquai que je ne lui devais aucune explication. Elle m'accusa de sorcellerie : « T'es chanceuse de vivre au XXIᵉ siècle, Jeanne-Dalva, au Moyen Âge, tu aurais été condamnée au bûcher. »

Pour qui rêve de devenir écrivain, être traité de sorcier est un compliment : beaucoup de grands écrivains se sont attiré ce surnom. Sauf que Juliette se sentit personnellement attaquée et proclama que personne n'avait le droit d'humilier sa meilleure amie. Danyelle lui répliqua qu'il ne s'agissait pas d'une discussion pour la maternelle. Elles commencèrent à s'engueuler. Elles n'en vinrent pas aux coups parce que la cloche sonna la fin de la récréation. En l'entendant, je me dis : « sauvée! » Mais Danyelle n'en avait pas fini avec moi. Elle exigea une preuve que je n'étais pas une sorcière, elle voulait voir le bout de papier que j'avais enfoui dans mon sac.

J'ai l'habitude de remplir mes sacs d'un tas de poèmes, d'aide-mémoire, de messages, de listes d'achats, de numéros de téléphone et de recettes maison pour en finir avec les verrues et les boutons. Malheureusement, ce jour-là, mon sac était parfaitement en ordre et je ne trouvais pas un seul autre bout de papier pour déjouer Danyelle. Si jamais elle lisait ma phrase à haute voix, tout le monde, élèves et professeurs, me considérerait comme une sorcière. Je serais expulsée de l'école et je ferais de nouveau la première page de *L'Œil vif* – cette fois-là, accusée d'avoir utilisé la fiction pour causer du tort à une camarade, et ce, par pure jalousie.

Pas question de subir une telle humiliation. Je fis semblant de ne pas être concernée par tout ça et j'essayai de traverser la cour comme si de rien n'était. Danyelle m'attrapa par la blouse et me fit comprendre qu'elle était sérieuse : ou je lui montrais le papier ou elle me fouillait sur la place publique. Je laissai échapper un rire forcé, mais je figeai en voyant l'écume qui moussait aux coins de sa bouche.

Les cris, à ce moment-là, se turent. Toute l'école me regardait, stupéfaite, attendant ma réaction. À vrai dire, j'étais moi-même paralysée. Puis, à la dernière seconde, au lieu de tendre le bout de papier à Danyelle, je le mis dans ma bouche pour l'avaler.

De retour de l'école, je trouvai ma mère étendue sur le tapis du salon, les pieds sur le divan, tenant le téléphone entre l'épaule et le menton, les doigts enroulés dans le fil. Je ne pouvais saisir tous les détails de sa conversation, parce qu'elle n'arrêtait pas de rire et de roucouler. Elle semblait incapable de terminer la conversation : bon, à plus tard, un bisou, je raccroche, hein, un autre bisou, à bientôt, ne tarde pas, non, toi raccroche… On viendra me dire ensuite que l'adolescence est un dérangement de la puberté!

La peau de ma mère ne faisait plus de boutons, mais ses hormones ne la laissaient pas en repos une seconde. Après avoir répété trois fois « je t'aime » et couvert le téléphone de baisers, elle finit par raccrocher en disant que mon père n'était plus le même homme. Si attentionné! Capable d'attentions qui laisseraient n'importe quelle femme toute frissonnante. Par exemple, il était seulement descendu prendre le courrier, mais rendu là, il avait appelé pour dire qu'il se mourait déjà d'ennui, qu'une minute passée loin d'elle lui paraissait un millénaire.

Mon père remonta en portant d'une main le courrier et de l'autre un bouquet de fleurs des champs cueillies dans le jardin près de notre complexe immobilier! Le cadeau fut reçu comme une preuve d'amour éternel, mais, à mon avis, il s'agissait là d'un crime écologique, en plus de témoigner d'un manque de respect envers les autres propriétaires de condominiums. Si l'épidémie de romantisme devait contaminer tout le voisinage, notre pauvre jardin se transformerait bientôt en désert!

Bien sûr que j'étais jalouse! Je me sentais rejetée. Mon père était entré dans la maison sans prendre le temps de me saluer, ne serait-ce que d'un hochement de tête distrait! En fait, je pense qu'il ne m'avait même pas vue. Il s'était précipité dans les bras de ma mère et l'avait entraînée au salon en lui chantonnant une ballade à l'oreille. Le divan pouvait accueillir la famille entière, mais ils se tenaient serrés sur le même coussin, échangeant un long baiser qui ne fut pas inscrit dans le livre des records parce qu'au bout d'un moment, j'avais commencé à me racler la gorge puis à toussoter comme une dingue.

Je commençais à avoir la gorge irritée quand le couple daigna enfin ouvrir les yeux. Mon père se passa la main dans les cheveux, avant de déclarer en bégayant : « Oh! Ma fille, déjà revenue? » L'occasion était belle de lui répondre que non, que j'étais encore dehors, qu'il avait devant lui mon clone, mon sosie, ma sœur jumelle, mon fantôme, le reflet de mon miroir, mon hologramme. Je me contentai de soupirer, exaspérée. Ma mère brisa le silence : « Sens-tu quelque chose, Jeanne? » « Non… Ah, peut-être une odeur de brûlé… »

Ma mère bondit du divan et courut à la cuisine. Trop tard : le riz était carbonisé, les poitrines de poulet ressemblaient à des morceaux de bœuf trop cuits et la purée de pommes de terre avait l'air d'une pâte à gâteau. Et maintenant, on appelait un restaurant ou les pompiers? Mon père déclara que ce n'était pas la fin du monde; de toute façon, il préférait le poulet bien cuit.

Je crus que c'était une blague. Quand je fis remarquer que le dîner avait carrément flambé, mon père m'ordonna de changer de ton et d'aider à dresser la table.

J'ouvris le réfrigérateur et en retirai un plat de plastique contenant un reste de pizza de la veille. De l'avant-veille? Ou de la semaine passée? Tant pis. Mieux vaut une pizza expérimentée qu'un morceau de charbon! J'essayai de faire entrer toute la pointe de pizza dans mon assiette, mais ce faisant, je sentis une pointe de culpabilité monter en moi. Je me dis que je devrais partager avec grand-maman Nina. Elle ne méritait pas de manger ce repas cramé tout juste bon pour les prisonniers. En fait, personne ne le méritait. Pas même Alex.

Mon frère était toujours le premier arrivé à la table, mais cette fois-ci, il semblait préférer s'amuser dans sa chambre. D'après le volume des éclats de rire, le jeu paraissait bien joyeux. Ma mère dut l'appeler à deux ou trois reprises avant qu'il apparaisse au salon... monté sur le dos de ma grand-mère!

J'eus quasiment une attaque quand je vis la pauvre à quatre pattes, risquant de se briser la colonne pour permettre à Alex de jouer au cowboy. S'il était mon fils, il resterait pour un mois au minimum sans télévision, ni ordinateur, ni cinéma, ni hockey, ni chocolat et ni pouding au lait condensé! Cependant, la passion rendait mes parents complètement aveugles : ils n'avaient d'yeux que l'un pour l'autre, tout en vidant le distributeur de cure-dents pour en faire des cœurs sur la nappe.

Pour traverser plus vite jusqu'à la cuisine, Alex donnait des coups de talon dans les côtes de grand-maman Nina. C'était la goutte qui fit déborder le vase. Je me dirigeai à grands pas vers eux en hurlant que grand-maman était peut-être vieille et gaga, mais qu'elle ne méritait certainement pas d'être traitée comme une bête de cirque!

Mon frère sauta du dos de grand-maman Nina, la laissant se remettre debout sans aide. Une fois sur ses pieds, les mains sur les hanches, grand-maman m'apostropha : « Depuis quand, Jeanne, tu me traites de gaga? »

Le papillon redevenu chenille

Ma grand-mère s'était réveillée peu après mon départ pour l'école. Bien que se sentant en forme et affamée, elle s'était d'abord bien étirée, en faisant craquer ses os, avant de s'asseoir au bord de son lit. C'est à ce moment-là seulement qu'elle s'était rendu compte qu'elle était de nouveau vivante et en contrôle de son corps. Elle s'était levée sans difficulté ni vertiges et s'était rendue à la salle de bain en sifflotant. Elle avait sursauté en se voyant dans le miroir : les paupières tombant sur les yeux, les sourcils embroussaillés et les cheveux blancs qui, par contraste, noircissaient encore davantage les cernes. Elle voulut appeler Solange sur le-champ pour un rendez-vous, mais elle décida de reporter le moment de s'occuper de son apparence. Avant toute chose, elle mourait d'envie de boire un vrai bon café à l'ancienne, préparé avec un filtre de tissu. Après n'avoir fait que gratter le mur avec ses ongles depuis un bout de temps, elle craignait un peu de retirer du feu la casserole d'eau bouillante; mais elle ne renversa pas une seule goutte en versant cette eau dans la cafetière. Elle se servit ensuite une tasse de café d'une main sûre. Enfin, elle avait fait un grand ménage dans sa chambre.

Après m'avoir raconté sa matinée, grand-maman Nina remarqua l'odeur de brûlé. Elle saisit vite la situation et, s'attachant un tablier à la taille, elle promit de nous préparer un dîner décent en un rien de temps. Alex la suivit à la cuisine pour lui offrir son aide : déjà, il coupait des légumes pour maman, se vantait-il. Aux yeux de ma mère, la guérison de grand-maman Nina était l'œuvre de Jeanne d'Arc; mon père et elle, main dans la main, se mirent à prier devant l'image de la sainte pour lui rendre grâce d'avoir ramené le bonheur dans notre foyer.

J'aurais dû me réjouir de mes dons littéraires; après tout, ma grand-mère devait sa rémission à la phrase que j'avais rédigée dans son agenda. Sauf que je ne parvenais pas à me sortir Gus de la tête. Pour ne pas gâcher le bonheur de la famille, je m'esquivai en douce vers ma chambre. Après avoir refermé la porte derrière moi, je me jetai sur le lit en pleurant.

Un peu plus tard, grand-maman Nina frappa à la porte en annonçant le menu : macaroni à la sauce tomate et basilic. Je raffole de cette recette, encore plus quand elle est préparée par la main experte de ma grand-mère. Elle avait toujours été à l'aise dans la cuisine. Avant d'hiberner dans son état comateux, elle avait l'habitude de mitonner de petits plats magiques que je n'ai jamais réussi à reproduire, même en suivant ses recettes à la lettre. Juste à entendre le mot basilic, je me

131

mets habituellement à saliver, mais ce jour-là, la tristesse l'emporta sur l'appétit. Je répondis que je n'avais pas faim, que je mangerais quelque chose plus tard.

De ma chambre, j'entendis ma mère marmonner que j'avais l'air d'un cure-dent; qu'à treize ans, elle, elle était toute en courbes. Une adolescente qui ne s'alimente pas finit par souffrir d'anorexie. « C'est quoi cette bibitte-là? » a demandé Alex. Mon père lui expliqua que c'était une maladie ou, pour mieux dire, un trouble alimentaire que l'on rencontre surtout chez les jeunes filles. Certaines filles peuvent développer une peur morbide de prendre du poids. En conséquence, elles mangent de moins en moins, ce qui entraîne de la faiblesse, de l'anémie et parfois même la mort. Mon frère dit qu'il avait tout compris, enfin, presque tout. Que voulait dire « trouble »? et « morbide »? et « anémie »?

Mon père promit de faire avec lui une excursion dans le dictionnaire plus tard. Pour l'instant, le temps pressait : si Alex continuait avec ses questions, il finirait par arriver en retard à l'école. Le plat de grand-maman Nina lui valut les applaudissements et les compliments de tous, mais personne n'en reprit, chacun étant pressé, y compris ma mère, qui donnait un cours cet après-midi-là et qui souhaitait se faire conduire par son « chéri d'amour ».

Une fois la maison tranquille, j'appelai grand-mère. Ça faisait longtemps qu'elle n'était pas venue dans ma chambre. Elle était curieuse de voir les changements. À vrai dire, je n'avais pas changé grand-chose : un portemanteau en bois que j'avais acheté au marché aux puces, une gravure de Van Gogh avec un ciel jaune qui changeait de ton et d'humeur selon le moment de la journée, une tortue de feutre remplie de sable pour empêcher la porte de claquer dans le mur et, enfin, un tableau de métal chargé de mille et une photos retenues par des aimants de toutes les couleurs.

Des photos de la parenté, des voisins, des amis, des camarades de classe et même de personnes rencontrées par hasard sur Internet et qui étaient devenues des amis proches. Je rêvais d'y ajouter un gros plan de Gus souriant, mais la seule image que j'avais de lui était une photo floue de toute la classe, prise à l'ouverture des jeux intercollégiaux et que *L'Œil vif* avait publiée.

C'est justement cette photo que ma grand-mère remarqua : « Je gage que ton amoureux est l'un de ces jeunes hommes. » Moi, un amoureux, voyons! Mon sourire attristé me trahit et j'admis que oui, c'est-à-dire, plus ou moins, j'avais l'œil sur un camarade de classe qui ne voulait rien savoir de moi.

Grand-mère Nina se leva sur la pointe des pieds pour examiner la coupure de plus près et montra Gus du doigt.

Une minute! Lorsque j'avais accroché cette coupure de journal, grand-mère était déjà alitée et ne reconnaissait presque plus personne. Comment avait-elle pu deviner, entre tant de visages, celui de mon coup de cœur?

L'explication était toute simple : « L'aimant qui retient la photo est tout près de lui. Tu l'as placé à cet endroit parce que tu es attirée par ce garçon. Un geste inconscient, mais très révélateur. »

LE POUVOIR DE *Jeanne*

Son raisonnement un peu tordu me fit rougir, mais je ne pouvais que la féliciter de sa perspicacité, je ne m'étais jamais imaginé que grand-mère était si… fine observatrice! Je lui racontai ce triste dimanche où je m'étais faite toute belle pour assister à un film ennuyeux (même sans l'avoir vu, je sais qu'il était mauvais) appelé *L'Androïde exterminateur*. Tout ça, pour rien! Gus ne s'était pas présenté au rendez-vous, n'avait pas envoyé de message, ni même pris la peine d'inventer une excuse pour camoufler son véritable objectif. Il ne m'avait invitée à aller au cinéma que pour obtenir mon aide durant l'examen d'histoire.

Quand j'eus fini de vider mon sac, grand-maman Nina me rappela que chaque histoire a – au minimum – deux versions. La plupart des tragédies pourraient être évitées par une simple conversation. Roméo et Juliette, par exemple. S'ils avaient échangé juste quelques mots, ces deux fous n'auraient pas bu de poison, mais du champagne, et cette tragédie de Shakespeare serait devenue une comédie romantique. Je rétorquai que je n'étais pas la Juliette de ce Shakespeare et que je n'avais rien à dire à un pseudo Roméo. S'il tenait à avaler le poison, bon appétit!

Grand-maman Nina savait bien que je n'étais pas sérieuse. Elle me demanda le numéro de téléphone de Roméo, ou plutôt, de Gus. « Pourquoi, s'il te plaît? » Elle refusa de me répondre. Elle voulait son numéro, un point c'est tout. Elle insista tant que je finis par le lui donner.

Je pensai qu'elle voulait arracher quelque secret de Gus en se faisant passer pour une camarade de classe ou une admiratrice secrète, mais ce n'était pas pour faire un appel anonyme qu'elle décrocha le téléphone : « Auguste? Je suis Nina, la grand-mère de Jeanne-Dalva. Tout va pour le mieux? Un instant, Jeanne voudrait te parler. »

Sur le moment, je pensai que ma grand-mère avait de nouveau perdu la tête. Qui pouvait jeter sa petite-fille du haut d'un édifice? C'est exactement l'impression que j'avais, celle de tomber en chute libre vers l'asphalte, sans aucune protection, pas de filet, de trampoline, de branches d'arbre ou d'auvent de boutique en vue. En mettant la main sur le récepteur du téléphone, je lui demandai ce que j'allais dire. Grand-maman Nina haussa les épaules : « Ah! Ça, c'est ton affaire! » Elle sortit en direction de la cuisine.

Tout ce que je réussis à dire – en bégayant en plus – c'est un : « Allo, ça va bien? » Gus répondit qu'il allait bien, super bien, même. Il ne relança pas la conversation. Moi non plus. Nous restâmes tous les deux en silence à jouer à celui qui se tairait le plus longtemps avant de craquer. Il y avait du bruit sur la ligne. Il marmonna tout à coup un « Hein? ». « Je n'ai rien dit, c'est la ligne qui est mauvaise... ». Nouveau silence, bientôt interrompu par Gus : « Je peux savoir pourquoi tu m'appelles? » En entendant ça, je ne pus m'empêcher de laisser échapper un petit rire nerveux. Ce qui le fit exploser. « Je ne comprends pas,

Jeanne-Dalva. D'abord, tu me fais poireauter à l'entrée du cinéma et tu m'appelles ensuite pour rire de moi en pleine face! »

Je répondis du tac au tac : « Ça va pas? C'est moi qui ai passé la soirée à t'attendre comme une belle dinde à l'entrée du cinéma Paradis II pour voir *L'Androïde exterminateur III*, qui doit être d'ailleurs un navet de la pire espèce! » C'était au tour de Gus de rire. Avant que je ne raccroche, il enchaîna : « Je t'ai invitée à voir *L'Androïde exterminateur II* au Paradis III. Tu as interverti les numéros! »

Je ne m'attendais pas à celle-là. Avais-je vraiment confondu les indications ou Gus était-il en train d'improviser cette histoire pour passer pour la victime? Je pouvais toujours vérifier les horaires des cinémas dans le journal ou sur Internet, mais je préférais croire que j'avais mal saisi l'invitation – je préférais être distraite plutôt que mal aimée!

Pour me prouver qu'il n'était pas en train de bluffer, Gus me demanda si j'étais d'accord pour voir le film la fin de semaine prochaine, enfin, ou un autre film qui ne serait pas un « navet ». Je patinai comme je pus en prétendant que ce n'était pas mon opinion, je ne faisais que répéter une critique que j'avais lue. « Bon, à samedi, alors, à 16 heures, je t'attendrai à l'entrée du Paradis III pour voir *L'Androïde exterminateur II*. C'est bien noté, cette fois-ci? »

Je le traitai de petit comique, mais il prit ça pour un compliment : avant de raccrocher, il m'envoya un beau bec sonore! Je restai l'oreille collée au récepteur silencieux, luttant contre l'envie ridicule de valser au rythme effréné des battements de mon cœur résonnant dans mes oreilles.

Je finis par m'entourer le fil du téléphone autour du cou et, pour un peu, j'allais mourir de suffocation et non d'amour. Courant encore après mon souffle, je m'élançai en patinant dans la cuisine – j'étais en chaussettes – renversant presque ma grand-mère. Elle s'affairait autour de la cuisinière. Elle me demanda comment s'était déroulée ma conversation. Comme si elle n'avait pas déjà tout deviné! Nous étions seules à la maison, nous pouvions converser librement, mais il y a des choses qui ne se racontent qu'à voix basse. C'est pourquoi je formai un petit tunnel avec mes mains pour lui chuchoter à l'oreille le malentendu autour des indications pour le cinéma. Nous nous étions mutuellement attendus toute la soirée en vain. En tout cas, c'est ce que Gus m'avait raconté et j'avais choisi de le croire.

Ce coup de téléphone m'avait rendue joyeuse et redonné faim. Grand-maman Nina réchauffa le macaroni, m'en servit une portion débordante de sauce et généreusement saupoudrée de fromage râpé. Elle me demanda ensuite comment était ce Gus.

Je commençai ma description : il avait les yeux noirs et tristes, avec des sourcils unis par un fin duvet doré qu'on ne pouvait apercevoir qu'en après-midi, vers la fin du troisième cours, quand le soleil entrait par les fenêtres de la classe. Le nez débutait doucement, mais

gagnait bientôt en personnalité et retroussait, se termi-
nant sur une courbe douce, sans aucune arrogance. Et
la bouche, eh bien, semblable à celle des héros de films
d'aventures! D'une couleur légèrement plus intense que
le rouge, comment dire? Un ton quelque part entre le
rouge de la sauce tomate-basilic et celui d'un coucher
de soleil au printemps. Ce qui m'enchantait le plus,
c'était sa lèvre supérieure, un peu relevée, comme un
petit peu enflée, juste assez pour laisser apercevoir un
peu les dents. Cela lui donnait un air optimiste, qui
consolait la tristesse de ses yeux. Que dire encore?
Ah, oui, le menton! sur lequel poussait une ombre de
barbiche, quelques poils, qu'il passait son temps à
gratter – à peigner? – avec son portemine. Et aussi ses
cheveux, dont les pointes recourbées le faisaient res-
sembler à un ange baroque, à un chef révolutionnaire
ou à un chanteur de groupe rock.

Je n'avais pas encore parlé de son cou – comment
passer par-dessus la description du mouvement
électrisant de sa pomme d'Adam – quand grand-
maman Nina me demanda de lui présenter Gus. Je
trouvai que c'était une excellente idée, peut-être qu'elle
pourrait venir me chercher à l'école demain? Je lui
écrivis l'adresse de l'école tout en lui précisant qu'il y
avait une station de taxis au coin de notre rue. Elle ne
voulut rien savoir; elle savait très bien où était située
l'école et comment s'y rendre en autobus.

J'ai l'impression que le perçage, comme le tatouage et la chirurgie plastique, est une espèce de manie, presque une dépendance : qui le fait une fois ne peut plus s'arrêter. Après s'être fait percer le talon et la clavicule pour sa loterie ridicule, Danyelle trouvait son visage... monotone. Elle eut envie de s'accrocher une tige à chaque sourcil. Bientôt, elle y alla de façon plus radicale et se mit à s'accrocher aiguilles, épingles, tiges, crochets et spirales, du menton au front et d'une oreille à l'autre.

À force d'exagération, les paupières de Danyelle ne fermaient plus très bien. Ce matin, dans le cours de sciences, elle se tourna vers le fond de la salle pour faire un clin d'œil à Gus. Cela eut l'effet d'une grimace grotesque qui me fit tordre de rire. Au point de l'offusquer : « C'est quoi ton problème, Jeanne t'Arc? » Je vous le jure, t'Arc au lieu de d'Arc. Eh oui, un perçage sur le bout de la langue modifie la prononciation de certaines consonnes, les « t » et « d », notamment, qui se confondent maintenant dans la bouche de Danyelle. Je ne pus m'empêcher de me moquer d'elle : « Rien tu tout, Tanyelle! »

Les camarades autour de nous se mirent à rigoler, mais Danyelle n'était pas dans ses bons jours. Seule l'intervention d'Ozone l'empêcha de m'empoigner par les cheveux. Le professeur de sciences demanda quel était le motif de cette fête de la Saint-Jean avant le temps. Il menaça de nous faire boire des boissons énergisantes à l'acide sulfurique, sans sucre, si nous ne nous calmions pas les nerfs immédiatement.

Tout de suite après le cours, j'avais un creux, alors je courus à la cafétéria pour m'acheter quelque chose. Gus m'aperçut pendant que j'attendais mon tour dans la file. Il vint me voir pour me dire qu'il avait une partie de hockey cosom – si j'acceptais d'y assister, il compterait un but en mon honneur.

Je ne m'étais jamais vraiment intéressée au hockey cosom, mais l'invitation de Gus me transforma en partisane fanatique. Malgré mon estomac qui criait famine, je quittai la file pour suivre Gus jusqu'au gymnase. Je m'assis au beau milieu de l'estrade. Mon bonheur fut un peu gâché en voyant arriver Danyelle. Elle s'installa à quelques rangées derrière moi. Elle dévorait un sandwich pita qui me faisait saliver. Je devais me mordre les lèvres pour m'empêcher de lui demander : « Hé, Tany, tu me tonnes une bouchée? » Je restai sage et, à ma grande surprise, elle adopta la même attitude.

La trêve tint pendant toute la partie chaudement disputée. Aucun joueur n'était encore parvenu à marquer. Vers les toutes dernières minutes, Gus fit une passe à Junior qui lança un tir puissant à la poitrine du gardien adverse. Ce dernier, surpris, donna un retour en or à Gus, qui déjoua le gardien déséquilibré en faisant un revers croisé dans le coin supérieur gauche du gardien. Même sans être experte, je vis bien que c'était un jeu et un but superbes : il y avait dans ce jeu, le sens du drame, du cirque et de la danse. Même les joueurs adverses félicitèrent Gus. Celui-ci se pencha par-dessus les barrières de protection et m'envoya un baiser.

Danyelle ne perdit pas de temps. Abandonnant son sandwich, elle tendit les bras puis ferma les mains comme si elle attrapait un oiseau en plein vol. Elle cherchait à me provoquer, c'est sûr. Je la rejoignis pour lui préciser que Gus m'avait expressément invitée en me promettant de compter un but en mon honneur. Le baiser, par conséquent, m'était destiné.

Elle décocha rapidement sa réplique venimeuse : « Tu connais mal Gus, Jeanne-Dalva. Il promet des buts à toutes les filles de l'école. Même aux sorcières. » Elle fronça les sourcils quand je lui répondis que valait mieux être une sorcière que d'avoir le visage percé partout comme une pelote d'épingles : « C'est quoi ça, une pelote d'épingles? » Même les analphabètes savent qu'une pelote d'épingles est un petit coussin de mousse que les couturières s'attachent au poignet pour y piquer leurs épingles et leurs aiguilles. La menteuse riposta qu'elle ne fréquentait pas les couturières! Elle ne portait que des vêtements griffés achetés dans des boutiques de luxe.

Je n'eus pas le temps de répliquer. La cloche sonna la fin de la récréation et de la partie. Danyelle était en espadrilles, mais elle descendit l'estrade comme si elle

141

portait des talons hauts. Je restai un moment à fixer le terrain de jeu déserté, essayant de déterminer si Gus n'avait compté un but que pour moi ou pour toutes les filles de l'assistance. Je ne parvins à aucune conclusion.

De retour en classe, je trouvai un autre billet en ouvrant mon sac :

> J'aurais pu mieux jouer, mais je n'arrivais pas à détourner mon regard de l'estrade. Je ne pourrais pas dire s'il y avait beaucoup de monde. Je ne voyais que toi.

Je me suis dit que Danyelle serait capable de me voler ce billet, comme elle l'avait fait pour le baiser. Je le cachai vite dans mon sac. Discrètement, je regardai Gus, qui me retourna un de ces sourires! Tous mes doutes s'envolèrent. Ce billet prouvait que ce but était à moi, rien qu'à moi, et à personne d'autre; le but et l'auteur du but!

Ma grand-mère et moi avions convenu de nous rejoindre à la sortie de l'école. À la fin du dernier cours, je ramassai en vitesse mes affaires et je descendis les escaliers comme une folle. J'arrivai une des premières aux portes. Je regardai du côté de l'arrêt d'autobus; pas de signe de grand-maman Nina. Lui serait-il arrivé quelque chose? Je secouai la tête pour chasser cette inquiétude et je me mis à faire des exercices de respiration que j'avais appris dans une de ces revues du mieux-vivre qui traînent dans la salle d'attente de la clinique de mon père. Les respirations me calmèrent, mais, en voyant Gus s'en aller, mon cœur, pas très zen, se mit à s'affoler de nouveau.

J'eus envie de le retenir par le bras pour lui demander d'attendre un peu : « Ma grand-mère qui ne devrait pas tarder est venue exprès pour rencontrer mon copain ». Il va de soi que, malgré la présence de guillemets, cette phrase fut seulement prononcée en pensée. Jamais je n'aurais le courage de désigner Gus comme mon copain – en tout cas, pas avant que nous échangions notre premier baiser. De toute façon, il faisait bizarrement chaud ce jour-là et je ne voulais pas faire poireauter Gus sous un soleil de plomb.

En attendant ma grand-mère, je fouillai dans mon sac à la recherche de quelque chose pour tromper la faim et l'attente. Je ne trouvai que de la gomme, ma saveur préférée, mais j'eus envie de croustilles. J'allai m'en acheter un sac au ketchup au dépanneur. J'entrepris ensuite de le dévorer, assise sur le banc de l'abribus.

Tout le monde avait quitté l'école quand ma grand-mère apparut enfin, essoufflée et décoiffée, expliquant qu'elle s'était trompée d'autobus. Elle avait apprécié la balade; ça faisait un bon bout de temps qu'elle n'était pas passée par le centre-ville et elle avait aperçu de nouveaux édifices, de nouvelles boutiques et même de nouvelles rues. Cela dit, elle aurait tellement voulu rencontrer Gus! Elle se confondit en excuses en promettant que demain elle arriverait avant la fin des cours.

Là-dessus, je lui racontai que j'avais reçu trois cadeaux : un but, un baiser et un billet. Les yeux brillants, elle me demanda : « Sur la bouche? » Je soupirai : « Pas encore… » À l'arrêt d'autobus, je tirai le billet de mon sac pour le lui montrer. Grand-maman Nina sourit légèrement, avant de passer ses doigts sur les lettres comme si elle lisait le braille. Elle tâta chacun des mots, puis examina le papier de chaque côté, en le plaçant contre le soleil avant d'en arriver à un verdict : « Ce garçon t'aime, ma fille. Aimer, c'est peu dire, il t'adore. Mais il est trop timide pour te l'avouer, regarde son petit point sur le « i », si petit qu'on le voit à peine. Les consonnes les plus pointues s'inclinent vers la droite, comme si un vent soufflait pendant qu'il écrivait. La distance entre les lettres montre de la solidité, cependant, dans la dernière phrase, Je ne voyais que toi, les lettres se pressent les unes aux autres, comme si vous deux ne formiez qu'un. On peut voir aussi par le tracé de certaines lettres qu'il vit un moment difficile, de souffrance. Mais il n'y a pas de quoi paniquer, les voyelles débordent d'espoir! »

Quel lien y a-t-il entre le tracé d'une lettre et la souffrance? Grand-maman Nina me raconta que, jeune fille, elle avait suivi un cours de graphologie par correspondance. À partir de là, elle avait pris l'habitude de choisir ses amoureux selon leur calligraphie. Dans ce temps-là, les garçons avaient l'étrange habitude de demander aux filles, en leur chuchotant à l'oreille, si elles voulaient devenir leur copine. La plupart d'entre elles répondaient tout de suite oui ou non, mais grand-maman préférait prendre son temps. Elle demandait au prétendant – c'est comme ça qu'on appelait celui qui souhaitait sortir avec une fille dans ce temps-là – de lui faire sa demande par écrit. Après avoir analysé sa calligraphie et ses fautes d'orthographe, elle lui donnait sa réponse.

Une fois dans l'autobus, elle me raconta comment ça s'était passé avec grand-papa Plínio. Il n'arrêtait pas de l'inviter à des fêtes et au cinéma. Au début, elle ne voulait rien savoir de lui et trouvait toujours quelque excuse pour échapper à ce pot de colle. Un jour, dans un geste de désespoir, il lui a envoyé un bouquet de roses rouges, le jour de la Saint-Valentin! Ma grand-mère se doutait bien qui en était l'expéditeur. Elle allait jeter le carton à la poubelle, quand en lisant le premier vers d'amour, elle a senti que sa vie ne serait plus jamais la même. Pas à cause du sonnet, qui semblait avoir été pris

145

chez quelque poète parnassien; ce qui toucha grand-maman Nina fut le mot « cœur »; en fait, une seule lettre de ce mot. L'enchantement venait du tracé du œ, si triste et si doux, comme celui du billet de Gus.

Ce fut à cause de ce œ qu'ils ont commencé à se fréquenter. Au bout de quelques mois, ils se sont mariés. S'ils ne vécurent pas heureux jusqu'à la fin des temps, c'est à cause du cœur de mon grand-père qui a flanché. Littéralement. Grand-maman était encore jeune quand elle est devenue veuve et aurait très bien pu se remarier. D'après les histoires de famille, ce ne sont pas les prétendants qui lui manquaient. Apparemment, aucun d'eux n'avait une calligraphie comparable à celle de mon grand-père.

En descendant de l'autobus, elle sortit une photo de grand-père Plínio pour me montrer sa signature presque tout effacée : « N'est-ce pas une écriture spéciale? »

Je fis signe que oui. Nous marchâmes, main dans la main, jusqu'à notre édifice. Mes parents étaient sortis avec Alex sans nous laisser la clé. J'utilisai donc l'interphone pour demander de l'aide au concierge de l'immeuble. Pour changer, il dormait en fonction. On l'entendait ronfler de l'extérieur. Réveillé par l'interphone, il accourut pour nous ouvrir, cachant un bâillement derrière un billet de loterie. Grand-maman lui demanda le double de la clé de notre appartement. Il répondit qu'il ne l'avait pas : « Désolé, Madame ».

J'aurais pu courir après ma mère à la Faculté, mais pourquoi toute cette perte de temps? Pendant que grand-maman conversait avec le concierge, je m'éloignai de quelques pas pour noter dans le creux de ma main :

La clé est dans son trousseau.

Je retournai ensuite vers le concierge pour lui demander le plus poliment possible de vérifier encore. Il n'était pas content de me voir insister. Il examina toutes les clés de son trousseau avec mauvaise humeur : la clé de notre appartement y brillait de tous ses feux! Confus, le pauvre mit la faute sur ses lunettes. Ma grand-mère l'assura que c'était des choses qui arrivaient; que probablement il devait être… – elle allait dire en train de ronfler, mais elle eut pitié de lui – il devait avoir été… distrait!

❁

Après avoir vidé un sac de croustilles au ketchup, je ne voulais rien savoir de manger quelque chose de salé. Cependant, pour le sucré, je suis toujours prête; c'est pourquoi l'eau me vint à la bouche en entrant dans l'appartement qui embaumait la cannelle. Je me tournai vers grand-maman Nina avec un faux air de reproche : « Ah, non, est-ce que madame aurait fait… un pouding au riz? » La réponse trônait sur la table du salon. Enfin, la moitié de la réponse : mon goinfre de frère – ça ne pouvait être que lui! – avait creusé un énorme cratère dans le plat.

Grand-maman Nina s'assit à côté de moi. Elle attendit que je sois rassasiée de pouding au riz avant de me demander combien de temps elle était restée alitée. Huit, neuf mois, pourquoi? Elle prit sa cuillère pour s'examiner et secoua la tête découragée : « J'ai l'air d'une ourse mal sortie d'hibernation. » J'allais protester que personne ne se fie au reflet distordu d'une cuillère. Grand-mère n'avait pas besoin de fausses consolations et savait très bien ce qu'elle voulait : « Pour commencer, j'ai besoin d'une bonne teinture. Me prendrais-tu un rendez-vous chez Solange? »

J'appelai sur-le-champ au salon de beauté de Solange. Angèle me servit son habituel message « enregistré » : l'horaire est très chargé, pas une seule place avant la fin du mois. J'ai tenté une astuce : « Et si quelqu'un annulait? » Angèle rit de mon pauvre espoir, mais elle prit en note mon nom au cas où « surviendrait ce petit miracle », précisa-t-elle.

Je me tournai vers ma grand-mère pour lui demander à quelle heure elle aimerait faire teindre ses cheveux. Sans détourner son regard du reflet que lui renvoyait la cuillère, elle soupira : « À 16 heures, ce serait merveilleux! » J'attrapai un stylo et j'écrivis sur le bloc-notes :

> *La cliente de 16 heures informe le salon de Solange qu'elle se voit forcée d'annuler son rendez-vous.*

Une minute plus tard, Angèle rappela pour me dire que j'avais vraiment de la chance : la cliente de 16 heures venait justement d'annuler. Je pensai lui rappeler qu'effectivement les miracles survenaient. Je préférai ne pas gaspiller mes réserves d'ironie.

❁

Solange laissa tomber sa pince à cuticules quand nous entrâmes dans son salon de beauté : « Quelle surprise, Madame Nina! Je vous croyais… » Grand-maman Nina elle-même compléta pour elle sa phrase : « Morte, ma fille. J'étais presque morte, en effet. Mais hier, j'ai décidé de ressusciter. » Elles tombèrent dans les bras l'une de l'autre. Ce furent des embrassades, des cris de joie et des yeux dans l'eau. Solange tenait à porter un toast aux retrouvailles et leva sa tasse de café. Grand-mère approuvait l'idée de lever un toast avec un café, mais désireuse de perdre du poids, elle le voulait noir et sans sucre. Une femme, la tête pleine de bigoudis, s'interposa pour dire que grand-maman Nina n'avait aucun besoin de suivre un régime : regardez-moi cette grand-mère au corps de jeune fille! La femme ajouta qu'elle espérait pouvoir en dire autant quand elle serait à son tour grand-mère. Une autre cliente avoua avoir tout essayé pour en finir avec ses cuisses molles, mais aucune crème ni la liposuccion n'en était venue à bout. Quel était le secret de ma grand-mère?

Grand-maman Nina trouvait qu'elles exagéraient : comment une femme aux cheveux blancs, aux sourcils en broussaille, à la peau sèche, aux ongles et aux cuticules en friche pouvait-elle se permettre de distribuer des conseils de beauté? Les clientes, pensant qu'elle cachait son jeu, continuaient à la harceler pour obtenir le secret de sa jeunesse éternelle – ou, du moins, le nom de son chirurgien plastique.

Après avoir juré qu'elle mangeait de tout et ne pratiquait aucun genre d'exercice, même pas la marche, grand-maman Nina s'installa sur le divan. Elle se mit à fouiller dans un panier d'osier débordant de magazines à potins. Elle mit la main sur un *Catalogue de couleurs pour vos cheveux*. Elle commença à le feuilleter en disant qu'elle hésitait entre châtain foncé et sépia discret. Laquelle de ces couleurs serait la plus appropriée pour une jeune dame du troisième âge?

Solange déclara que le catalogue en question était parfait pour qui voulait repeindre sa chambre, mais les cheveux sont vivants, ont des racines. On ne doit pas les traiter comme des objets. Si elle pouvait prédire l'avenir de ses clientes, elle pouvait bien les aider à choisir pour leurs cheveux une couleur et un style qui leur conviennent.

La lecture des lignes de la main de grand-maman Nina fut rapide et déboucha sur un diagnostic inattendu : elle devrait teindre ses cheveux d'une couleur forte et chaude. Dans les tons de rouge, de préférence.

Une cliente pensait avoir mal entendu et demanda à la coiffeuse d'arrêter le séchoir. Grand-maman Nina admit qu'elle avait toujours eu envie d'essayer une coupe plus moderne et une couleur plus vive, mais elle n'avait jamais songé au rouge, quand même! À son âge, en plus! Solange rappela que c'était la couleur de la passion. Or, il était bel et bien écrit dans les lignes de la main de grand-mère – pour qui voulait ou savait lire – que celle-ci vivrait bientôt une passion, d'un rouge feu. C'était donc la couleur idéale pour ses cheveux, ses ongles et ses lèvres, bien sûr.

Les séchoirs s'éteignirent un à un, jusqu'à ce que le salon de beauté devienne complètement silencieux. Saisissant que personne ne croyait à sa prédiction, Solange tira d'une des poches de son sarrau une lime à ongles et, la pointant dans la paume de grand-maman Nina : « Ça, c'est la ligne de vie. Elle s'étire finement, puis disparaît presque. C'est la période où vous étiez alitée, sans désir de vivre et sans courage de mourir. Puis, tout à coup, la ligne repart aussi claire qu'une cicatrice pour s'emmêler avec cette autre ligne, celle de l'amour, et aussi avec cette autre-là, celle de la raison, pour former un nœud que seul le diable saura défaire. »

Le silence fut brisé par un aboiement qui semblait provenir de la cour. Solange examina de plus près le nœud et proclama la nouvelle de l'année : « Je vois également, Madame Nina, que l'autre moitié de cette passion est une personne plus jeune. Beaucoup plus jeune, d'ailleurs! »

Évidemment, grand-maman Nina ne prenait pas ce bavardage au sérieux, mais quand même, elle demanda, par curiosité, l'ampleur de cette différence d'âge entre son éventuel amoureux et elle. Solange palpa encore la main de grand-mère. C'était difficile de donner un chiffre précis; c'était quelque chose comme cinq ou six. Quelqu'un fit remarquer qu'une différence de cinq ou six ans n'était rien. La propriétaire du salon de beauté précisa qu'elle ne parlait pas en nombre d'années. La différence était d'environ cinq décennies!

Tout le monde voulait bien se fier aux prédictions de Solange, mais là, d'imaginer grand-maman Nina, les cheveux courts et rouges, à bouche que veux-tu avec un garçon qui pourrait être son petit-fils… Les clientes trouvaient cette histoire complètement absurde, folle, délicieuse, drôle, délirante, scandaleuse, enfin, les opinions divergeaient peu. Grand-mère se débarrassa du catalogue. Elle me regarda, implorant des yeux mon aide. Je lui dis qu'elles se mouraient toutes de jalousie. Elle voulait changer d'allure, non? Alors, pourquoi ne pas accepter la suggestion de Solange et teindre ses cheveux en rouge?

Grand-maman Nina fixa un moment le miroir, le temps de soupeser la question, avant de conclure qu'elle avait passé l'âge de se préoccuper de l'opinion des autres. Sa décision souleva un tonnerre d'applaudissements et de cris – même les clientes les plus conservatrices reconnaissaient son courage devant le risque possible et probable du ridicule. Après avoir revêtu un grand tablier, elle se cala confortablement dans le siège. Elle ferma les yeux quand la coiffeuse commença à lui masser la tête débordante de shampoing.

Solange m'entraîna vers un coin retiré du salon pour me demander, à voix basse, si j'avais commencé à utiliser mon pouvoir. J'hésitai, ne sachant trop si je devais lui confier un tel secret. Elle posa sa main sur mon épaule, avant d'ajouter d'une voix encore plus basse : « C'est toi qui as guéri ta grand-mère, hein? »

Je ne sais pas lire les lignes de la main, mais je sais deviner les regards et les yeux de Solange avaient la profondeur et l'honnêteté nécessaires pour que j'y dépose mon secret. Je fis signe que oui de la tête. Je lui racontai que mes mots prenaient vie : un soir, j'avais rapidement griffonné un mot pour la guérison de grand-maman. Le lendemain, elle était sur pieds.

Selon Solange, c'était là de la véritable littérature d'épanouissement personnel!

153

Nous continuâmes à converser jusqu'à l'arrivée de la cliente de 17 heures. La poupoune exigeait l'exclusivité : « Mes ongles sont comme mes enfants. Seule la patronne de ce salon a le droit de s'en occuper… » Le reste de ses réclamations fut enterré par un concert d'aboiements. Solange me confia qu'elle était moins inquiète ces derniers temps. C'est que, depuis l'intrusion de son ex-mari, Junior avait entrepris de dresser Freddy. Ce n'était pas facile, Freddy était encore confus : il pouvait se mettre à japper quand il recevait l'ordre d'attaquer, par exemple. Peut-être que Junior en demandait un peu trop à Freddy. « Est-ce que tu pourrais lui en glisser un mot? Peut-être réussiras-tu à lui faire comprendre qu'un chien n'est pas nécessairement une arme? »

Grand-maman sortit du salon de beauté d'un pas assuré, fière de sa décision de se teindre les cheveux en rouge. Sa confiance en elle-même flancha quand nous mîmes le pied dans notre édifice. Dans l'ascenseur, elle porta la main à la bouche, rongeant le vernis encore frais de ses ongles. Devant la porte de l'appartement, elle s'arrêta net, comme un cheval buté. Où était passée l'audace nécessaire pour affronter l'opinion de sa fille et de son gendre?

J'entrai seule. Ils étaient au salon, à consulter des guides et des brochures touristiques en suivant du doigt des rues sur une grande carte dépliée sur la table du salon. Je dus faire semblant de tousser pour attirer leur attention. Mon père me fit signe sans même me jeter un regard, en continuant de parler des couettes et cafés quatre étoiles de Percé et de Gaspé où ils allaient séjourner. Pas même un petit bonjour de ma mère. Elle s'inquiétait des prix, c'était trop cher; elle suggérait d'attendre à l'automne, après avoir fini de payer l'auto, ou bien de choisir un forfait moins cher, quitte à dormir dans des auberges plus rustiques.

Mon père tapa du pied, non, non, pas question d'économiser, l'amour n'a pas de prix. D'ailleurs, tout est planifié et réservé. Tout dépendait maintenant de grand-maman Nina.

En entendant parler d'elle, elle se décida enfin à entrer et nous rejoignit tout doucement au salon. Ma mère sauta du divan, brandissant une brochure touristique pour lui raconter qu'elle et son mari planifiaient un petit séjour à Percé et à Gaspé. C'est là que le Canada était né, non? Pas de meilleur endroit, donc, pour relancer une relation amoureuse sur de nouvelles bases. La seule difficulté : il fallait quelqu'un pour s'occuper de la maisonnée, c'est-à-dire pour s'occuper d'Alex et moi.

Lorsque grand-maman Nina s'offrit comme volontaire, notre petit couple d'adolescents attardés s'embrassa comme s'il était déjà dans son petit nid d'amour gaspésien devant un coucher de soleil sur la mer.

LE POUVOIR DE Jeanne

Je dois admettre que je suis romantique – le moindre clair de lune m'arrache des soupirs langoureux. Cela dit, ce baiser huileux me tomba sur le cœur. Je ne pouvais approuver cet égoïsme aveugle de mes parents : aucun commentaire ou compliment, aucune observation, remarque ou critique sur la nouvelle tête de grand-maman. En fait, ils n'avaient rien remarqué.

Je mentionnai alors, l'air de rien, que grand-mère et moi avions passé la fin de l'après-midi au salon de beauté. Ma mère porta enfin attention aux cheveux de grand-maman Nina. Elle laissa échapper un « Ô! » Seulement ça : « Ô! » Son opinion tenait en une lettre. Mon père paraissait aussi stupéfait que ma mère. Il prit tout de même le temps d'examiner la nouvelle coiffure de sa belle-mère sous tous ses angles, avant d'exprimer en toute franchise ce qu'il en pensait : « Ouais… » Comme si une interjection valait un compliment.

Grand-maman Nina hocha la tête, se rendant à l'évidence : « Vous n'aimez pas ça. » Ma mère essaya de la rassurer en lui disant que le rouge était toujours à la mode, que ça donnait un cachet, un cachet… comment dire? Mon père suggéra : « différent ».

C'est le genre de mot qui, à première vue, sonne bien, mais qui, dans le fond, ne signifie rien. Différent par rapport à quoi? À qui? Grand-mère se tourna vers Alex, qui entrait dans le salon, enroulé dans une serviette après avoir pris son bain. Sans état d'âme, il décréta que grand-maman Nina avait l'air d'un gyrophare. Il commença ensuite à fouiller dans

les cartes et les brochures répandues sur
la table. Après avoir été mis au fait du
projet de voyage à l'occasion de la lune
de miel, prise deux, Alex s'emballa. Il
mourait d'envie de visiter la Lune, de
voyager en fusée, est-ce qu'il pourra enfiler
son costume d'astronaute? Ma mère dut lui
expliquer que, cette fois-ci, c'est seulement papa et
maman qui partaient en voyage – et pas pour la Lune,
mais pour la Gaspésie. Aux grandes vacances, on pourra
aller à la plage toute la famille.

Ce qui déclencha une longue séance de bouderie et
de pleurnichage. Grand-maman Nina eut beau promettre
sorties au cinéma, à la crèmerie, au planétarium et au
centre commercial, rien n'y faisait. Seule la promesse de
ma mère de lui rapporter un beau cadeau, à la condition
qu'il cesse de chigner immédiatement, bien sûr, ramena
la paix. Mon père eut alors la brillante idée de suggérer :
« Un petit frère, par exemple! »

Alex dut s'imaginer que le but du voyage était
d'adopter un orphelin venu de la Lune, parce qu'il se
mit à hurler qu'il n'était pas question de partager sa
chambre avec un extraterrestre.

LE POUVOIR DE *Jeanne*

Je pensais qu'il n'existait que des noces d'argent et d'or, mais j'ai récemment découvert qu'il y en avait pour chaque anniversaire : un an, noces de coton; deux ans, noces de cuir; trois ans, noces de froment; quatre ans, noces de cire, et ainsi de suite. C'est Juliette qui m'ouvrit les yeux sur cet aspect futile de notre culture. Ses parents étaient mariés depuis quinze ans et allaient donc célébrer, vendredi soir prochain, leurs noces de cristal. Lorsqu'elle m'invita à me joindre à cet heureux événement, je revis notre affreux souper à La Toque d'or, où nous avions pris en flagrant délit – en fait, où j'avais surpris – le père de Juliette en tête-à-tête avec la Julie siliconée. Je me demandais si elle faisait partie, elle aussi, des invités.

Je répondis que les anniversaires de mariage étaient des activités pour le deuxième âge, pour le troisième, même. Par ailleurs, j'avais déjà quelque chose de prévu avec ma grand-mère. Juliette admit que ce genre de fête n'était pas non plus dans ses goûts. C'est pour cette raison qu'elle avait obtenu la permission d'inviter quelques bons amis pour ne pas se sentir trop à part.

Oups! Avais-je bien entendu… *bons* amis? La semaine passée, nous avions justement révisé la règle d'accord des noms et des adjectifs au pluriel. Madame Leclerc a fait une protestation bien sentie contre le machisme de notre grammaire, après nous avoir rappelé que lorsqu'un substantif ou un adjectif au pluriel réfère aux deux genres, c'est le masculin qui l'emporte. Sachant que Juliette connaissait et utilisait très bien cette règle, j'en déduisis qu'il devait y avoir au moins un garçon parmi le groupe d'amis qu'elle avait invité.

Nous étions au café étudiant, à nous partager un reste de jus de raisins-canneberges. Juliette, en me voyant mâchouiller le bout de la paille, s'aperçut de ma perplexité et dénoua tout de suite le mystère. Bien sûr que Gus figurait sur la liste des invités – Junior et lui étaient la cause de l'utilisation au masculin pluriel de l'adjectif *bon*. « Junior? Je ne savais pas que tu avais l'œil sur lui… » ai-je fait remarquer. Elle rectifia immédiatement. La mère de Juliette était allée se faire épiler les aisselles au salon de Solange. Pendant qu'elle racontait à Solange les préparatifs de ses noces de cristal, elle avait laissé échapper que Juliette inviterait quelques camarades de classe. Par conséquent, la mère de Juliette s'était sentie obligée d'inviter Junior.

La présence de Gus – du moins, sur la liste des invités – changea mon opinion sur la fête. En fait, ce serait une excellente occasion d'accélérer un peu les choses entre Gus et moi, comme la confirmation que nous étions ensemble, ce qui, selon mes calculs, devait se faire le lendemain, samedi, au cinéma, durant une scène de nuit de *L'Androïde exterminateur*. J'étais prête à tout pour gagner 24 heures, y compris à recourir à la plus honteuse hypocrisie pour féliciter les parents de Juliette et leur souhaiter quinze autres années de parfait bonheur.

LE POUVOIR DE Jeanne

De retour en classe, je ne savais pas où donner de la tête entre la fête de vendredi – quelle coiffure, quel vêtement, des sandales à talons hauts ou bas? – et les formules qu'Ozone dessinait au tableau, tellement remplies d'alpha et de bêta que j'avais l'impression d'assister à un cours de grec. Et comme si ce n'était pas assez, c'est aujourd'hui que je devais présenter Gus à grand-maman Nina.

Encore une fois, ça ne marcha pas. Peu de temps avant la fin des cours, Gus rangea ses cahiers et ses affaires dans son sac en se plaignant d'un mal de tête, puis il partit en toussant et en éternuant. Grand-maman Nina m'attendait à la sortie de l'école comme prévu. Elle accueillit la nouvelle de cette grippe subite avec méfiance : le garçon s'était-il senti mal à l'idée de rencontrer la mère de sa future belle-mère?

Je la rassurai : Gus n'était au courant de rien, la rencontre devait être une surprise, mais grand-mère ne m'écoutait plus. Montrant du doigt l'autre côté de la rue, le visage figé dans une expression de panique, elle me demanda qui était cette fille et ce qu'elle avait fait pour mériter un châtiment si cruel.

Quelle fille? Quel châtiment? J'avais beau regarder, je ne voyais rien. Grand-maman Nina me prit par le menton pour diriger mon regard. « Cette fille-là, là. Près du poteau. Qui lui a transpercé le visage de cette façon? ».

Comment expliquer à une dame de près de soixante-dix ans les motivations des gens qui se font percer? J'ai commencé par lui dire que cette *fille-là* était Danyelle. Elle était dans la même classe que moi. Elle n'avait rien fait de mal, sauf peut-être rire de ma rédaction sur Jeanne d'Arc et me faire des coups bas pour me voler Gus. Cependant, ce n'était pas pour ça qu'elle avait le visage transformé en passoire. Le perçage est une mode, pas une punition. Moi-même, j'avais déjà pensé me faire percer au menton, mais un bouton avait changé mes plans. Le bouton guéri, j'avais mis le projet sur la glace.

Grand-maman Nina semblait fascinée : « au menton, vraiment? »

C'était beaucoup d'information d'un coup pour une personne qui avait passé des mois en hibernation. J'ajoutai quand même qu'aujourd'hui, on fait des perçages partout sur le corps, de la plante des pieds au sommet du crâne, en passant par les replis les plus obscurs et humides que l'on puisse imaginer. Elle regarda autour d'elle avant de demander à voix basse : « Es-tu en train de parler de la... ? » Comme il y avait beaucoup de gens à l'arrêt d'autobus, je répondis encore plus bas : « Oui, entre autres. Ou du... pour ce qui est des garçons. »

Je poursuivis en disant qu'au début, toutes les modes sont bizarres, mais assez vite, les gens s'habituent. C'est la même chose pour le tatouage. Les deux phénomènes vont de pair, d'ailleurs : l'avantage avec les

161

perçages est qu'on peut les enlever quand on n'en a plus envie. C'est plus compliqué d'effacer le tatouage du nom d'un ex-amoureux.

Grand-maman Nina : « Et celui d'un papillon? »

Je ne comprenais pas la raison de sa curiosité. Ma grand-mère aurait-elle un tatouage secret? Elle rit de mes soupçons et se mit à me raconter un souvenir d'enfance. Je pensais qu'elle allait me répéter une de ses vieilles histoires d'internat au Brésil, mais celle-là était inédite et sa protagoniste s'appelait Zulmira. Elle était la seule élève de la classe, du collège même, dont le prénom commençait par Z. En plus de cette particularité, elle refusait de s'attacher les cheveux et de porter un soutien-gorge. Elle aimait mâcher de la gomme en classe, lire en cachette au dortoir et renverser par terre – « j'ai pas fait exprès, je le jure! » – sa portion d'épinards trop cuits qui flottaient immanquablement dans notre soupe dominicale. Ces petites infractions lui attiraient des punitions légères, du genre une semaine sans dessert ou copier deux cents fois, sans dépasser les lignes, *Je dois me comporter correctement*. La plupart des religieuses enseignantes estimaient que Zulmira exerçait une mauvaise influence sur les autres étudiantes, mais la mère supérieure avait besoin d'un motif plus concret pour expulser la jeune fille – comme un papillon tatoué entre les omoplates durant les vacances estivales.

L'arrivée de l'autobus interrompit sa narration. Une fois assise sur le bord de la fenêtre, grand-maman Nina resta un moment silencieuse. Elle finit par dire qu'elle radotait et qu'il valait mieux laisser le passé en paix. Je croisai les bras en signe de défi et je marmonnai que je n'étais plus une enfant. J'étais maintenant capable d'entendre des tragédies. Je n'en étais plus aux contes de fées dans lesquels les princesses et les princes se marient pour vivre heureux jusqu'à la fin des temps, tout en ayant beaucoup d'enfants.

Constatant que je ne lâcherais pas le morceau, grand-mère poursuivit son histoire. Les sœurs, étant aux aguets de tout ce qui se passait dans le collège, ne tardèrent pas à découvrir le tatouage. La mère supérieure convoqua les enseignantes et, au bout de dix minutes de réunion, tenant son motif, décida de l'expulsion. Avant de l'expulser, les sœurs amenèrent Zulmira à l'infirmerie. Elles passèrent la nuit à essayer d'effacer le papillon avec un couteau et de la cire chaude. Le jour suivant, Zulmira se réveilla tremblante de fièvre et délirante. Le papillon était maintenant une chenille pleine de pus. L'infection s'était répandue rapidement. À son arrivée à l'hôpital, elle était au bord de l'agonie.

Pour ne pas laisser ce crime tomber dans l'oubli, grand-maman Nina avait suggéré à ses camarades de suivre l'exemple de Zulmira en se faisant toutes tatouer pour lui rendre hommage. Au début, elles étaient emballées, mais bientôt, la perspective de l'expulsion – et de la gangrène – finit par refroidir les ardeurs de chacune – y compris celles de ma grand-mère. Elle ne savait pas quoi se faire tatouer ni où, tant et si bien qu'elle perdit courage. Elle avait toujours eu le sentiment de devoir quelque chose à la mémoire de son amie.

J'essayai d'alléger un peu l'atmosphère en lui suggérant qu'il était toujours temps de se faire tatouer un papillon dans le dos. Pourquoi pas? Grand-maman Nina rétorqua qu'elle ne voulait rien savoir d'un tatouage ridé. Le perçage, oui, ça valait peut-être le coup : son épiderme de vieille était déjà habitué aux injections. Je pensais qu'elle blaguait, mais elle ajouta, sérieuse : « Après avoir teint mes cheveux en rouge, je suis capable de tout. »

Une cendrillon du troisième âge

Le lendemain, Gus ne vint pas à l'école. Un petit signal lumineux se mit à clignoter dans ma tête : s'il était atteint d'une grosse grippe, de celles qui déciment les androïdes, trouverait-il l'énergie de venir à la fête de vendredi, puis au cinéma le samedi?

Je ne pouvais attendre d'être de retour à la maison pour tirer ça au clair. À la pause, j'empruntai le cellulaire de Juliette pour prendre des nouvelles de Gus. C'est lui-même qui me répondit. Il allait déjà mieux. Il s'était gargarisé avec un antiseptique qui avait soulagé son mal de gorge. Pourquoi n'était-il pas venu en classe, alors? Il m'informa que son médecin lui avait prescrit trois jours de repos. Il avait donc le droit de rester à la maison pour paresser et niaiser sur Internet.

Je me demandai un instant s'il n'en profitait pas pour jouer virtuellement au chat et à la souris avec une quelconque dinde. Je lui dis que je devais retourner en classe; je voulais juste prendre de ses nouvelles. Gus insista pour que je vienne à la fête des

parents de Juliette. Avant de raccrocher, il me lança :
« Je t'embrasse, Jeanne-D. ».

Je flottais en refermant le cellulaire. En me retournant, je tombai sur Danyelle. Elle avait visiblement écouté ma conversation. Elle s'empressa de me dire, tout sourire : « Si tu voulais des nouvelles de Gus, ma chère, tu n'avais qu'à me le demander. Je lui ai fait une petite visite hier. J'avais apporté mes notes de cours pour qu'il puisse les copier. Nous avons passé toute la soirée ensemble, peux-tu le croire… »

Bien sûr que non! J'étais persuadée qu'elle venait d'inventer ça. Je choisis d'ignorer sa provocation. Je me contentai de lui jeter un regard méprisant, avant de me diriger vers le cours suivant. Danyelle ne se laissa pas démonter. Tout en ayant l'air de m'accompagner amicalement, elle me demanda si j'allais aussi à la fête chez Juliette.

Ce n'est pas vrai, Danyelle faisait aussi partie des invités!

Le cours d'anglais était déjà commencé. Je suis entrée dans la classe sans dire *Sorry* ni *Hi* à *Mrs.* Thompson. De mon pupitre, je fis signe à Juliette pour exiger une explication : pourquoi avoir invité Danyelle?

Juliette, n'ayant à peu près rien compris de mes chuchotements, me demanda de parler plus fort. Je préférai lui poser ma question par écrit. Le bout de papier revint avec la réponse suivante : « Je l'ai invitée parce qu'elle a fait partie de notre équipe en histoire. Je sais qu'elle n'est pas reposante, des fois, mais elle le regrette et fait tout ce qu'elle peut pour se faire pardonner ensuite. Par exemple, hier, elle m'a donné une poupée qui avait appartenu à sa mère. »

Je commençai à griffonner un billet méchant, traitant Juliette de bébé lala. Danyelle ne lui avait donné cette poupée – une vieille, en plus! – que pour être invitée à la fête et ainsi passer la soirée pendue au cou de Gus. Je n'eus pas le temps de terminer. Au moment de corriger la *lesson*, *Mrs.* Thompson s'aperçut de ma dissipation et m'ordonna de lire la première question.

Je m'efforçai de bien prononcer, étirant un peu les voyelles. Ce qui me donna droit à un *Very good!* de *Mrs.* Thompson. Elle ajouta que je m'étais exprimée avec un accent digne de la princesse Kate.

❁

Il ne s'agissait que d'un week-end de quatre jours, mais ma mère jeta sa garde-robe entière dans sa valise – réservant un compartiment pour les dessous, les soutiens-gorge, les blouses, les pantoufles, les parfums, les désodorisants, les shampoings, les conditionneurs, les hydratants, les exfoliants et tous les autres accessoires indispensables au succès de cette deuxième lune de miel. Le départ était prévu pour 9 heures. Ils avaient donc conduit Alex à l'école avant de se rendre à la gare. Avant de partir, ils avaient fait promettre à grand-maman Nina de se comporter en sergent de films américains : interdiction d'aller au lit tard, de manger des biscuits sur le divan, de boire du lait au contenant, de se pencher par-dessus le bord de la fenêtre, de glisser sur le parquet en chaussettes, de passer toute la journée au téléphone et la nuit sur Internet. Mon père avait dressé une autre petite liste. Il l'accrocha au frigo avec le pingouin magnétique. Elle comportait les numéros de téléphone des gîtes où ma mère et lui séjourneraient à Percé et à Gaspé, ainsi que ceux du concierge de l'immeuble, de la directrice de l'école, du bureau du pédiatre, sans oublier le 9-1-1. Je fis remarquer que je n'avais plus l'âge de voir un pédiatre; ne savaient-ils pas qu'il existait des médecins pour adolescents? Alex, qui n'en manque pas une, lança du tac au tac : « Oui, ça s'appelle des vétérinaires! » Je rétorquai que cette conversation ne s'adressait pas aux enfants encore aux couches. Il se mit à hurler qu'il n'était plus un bébé.

Ma mère résout normalement ce genre de dispute en récitant son discours sur l'importance de demeurer une famille unie; il n'y a rien de plus précieux, tant d'enfants uniques donneraient tout en échange d'un frère ou d'une sœur! Mon père n'a pas autant de patience : au lieu de gaspiller psychologie et salive, il nous fait tenir enlacés, Alex et moi – pendant une bonne demi-heure, bon, j'exagère, pendant cinq minutes – au beau milieu du salon, pour nous refroidir les esprits et nous apprendre à nous côtoyer comme des personnes civilisées.

Le problème, c'est que la civilisation exige du temps et, cette fois-ci, mon père était pressé. Il échangea l'accolade forcée pour une simple poignée de main.

Une fois les parents et Alex partis, grand-mère me demanda de me montrer plus tolérante envers Alex. Après tout, j'étais la plus âgée et il n'était encore qu'un enfant. Je pensai en moi-même : « Hum, madame protège son chouchou de petit-fils, hein! » Je choisis de ravaler ma jalousie mesquine. J'offris plutôt à grand-maman Nina de l'aider à faire la vaisselle du déjeuner, à condition que nous allions après l'école flâner ensemble au centre commercial. Elle accepta.

Je lui racontai que j'avais reçu une invitation pour la fête à la maison de Juliette à l'occasion du quinzième anniversaire de mariage de ses parents. Je ne savais pas trop quoi leur offrir en cadeau. Grand-maman Nina suggéra un bouquet de fleurs. Je grognai que le père de Juliette ne méritait pas de fleurs, mais plutôt une plante carnivore ou un cactus bien hérissé pour lui blesser la main, qu'il a volage, et ainsi lui faire passer un bon bout de temps sans pouvoir caresser sa maîtresse. Pour expliquer cette fureur féministe, je racontai rapidement à grand-mère ce qui s'était produit à La Toque d'or. Je n'allais à cette fête que par amitié pour Juliette. Et pour voir Gus, bien sûr.

Une fois le ménage de la cuisine terminé, je partis pour l'école. À mon retour, je changeai rapidement mon uniforme pour un jeans et une blouse et nous sortîmes, grand-mère et moi, bras dessus, bras dessous. En marchant vers le centre commercial, j'en profitai pour lui donner les nouvelles du jour. Gus allait déjà beaucoup mieux. D'après notre conversation téléphonique, il ne tenait qu'à moi que nous *fassions un bout* le soir de la fête chez Juliette. Grand-maman Nina se gratta la tête : « Faire un bout, pour aller où? »

J'eus un peu de difficulté à lui expliquer qu'il ne s'agissait pas d'aller quelque part, mais de *faire un bout* ensemble. *Faire un bout ensemble*, c'est quand un garçon et une fille décidaient de passer une, peut-être deux soirées ensemble, dans une espèce de relation amoureuse libre où ils pouvaient aller jusqu'aux baisers mouillés. Le garçon n'était pas obligé de téléphoner le lendemain. Cependant, il n'avait pas le droit de faire une crise de jalousie s'il voyait la fille avec un autre garçon, puisque aucun engagement n'avait été pris. Et vice versa.

Grand-mère me raconta que, dans son temps, on appelait un baiser mouillé un baiser de cinéma. « Quoi, le cinéma existait dans ton temps? » Ma taquinerie la fit sourire. Toujours est-il que *dans son temps*, il n'y avait pas d'histoires de *faire un bout*… Les jeunes filles flirtaient, devenaient amoureuses, se fiançaient, se mariaient, puis devenaient enceintes et, la plupart du temps, dans cet ordre. C'était à mon tour de demeurer perplexe!

Je n'avais jamais entendu le mot *flirter*… figure-t-il encore au dictionnaire? Ne parvenant pas à trouver un synonyme plus actuel, grand-mère m'expliqua que *flirter*, c'était un peu comme *faire un bout*, mais sans baiser mouillé, sans baiser tout court, en fait. « Où était le plaisir, alors? » demandai-je. Grand-maman Nina me rappela qu'à l'époque où elle était adolescente, il n'y avait ni ordinateur ni DVD ni cellulaire. Le temps s'écoulait plus lentement. Les gens avaient plus de temps libre, y compris pour flirter ou se faire la cour, comme on disait aussi. Les jeunes hommes devaient être patients et espérer des semaines, voire des mois, avant un premier baiser. Et encore, la bouche fermée! Si un audacieux s'essayait, la jeune fille était en droit de le gifler au visage comme dans les vieux films, même si elle n'était pas indisposée.

J'eus encore besoin d'explications. D'après grand-mère, l'expression « être indisposée » correspondait à cette période durant laquelle les femmes deviennent des champs de mines antipersonnel, susceptibles d'exploser à tout moment, sous n'importe quel prétexte, un simple « bonjour! » mal interprété, par exemple. Bref, il s'agissait de ce qu'on appelle aujourd'hui le SPM, mais ce sigle n'avait pas encore été inventé. Le « M » était interdit aux moins de 18 ans. Beaucoup de femmes trouvaient que le mot « menstruation » avait quelque chose de monstrueux et préféraient dire « règles ». Entre guillemets, justement. Et derrière des portes fermées, encore.

Le tabou valait pour les deux sexes, mais chez les hommes, la chose prit l'ampleur d'un mythe. Même de nos jours, peu d'hommes sont capables d'acheter sans gêne un paquet de serviettes hygiéniques dans une pharmacie. Grand-papa Plìnio n'était pas de ceux-là, racontait grand-maman : non seulement son mari acceptait-il volontiers d'acheter pour elle les serviettes, mais il lui arrivait de faire emballer le paquet pour le lui offrir, en hommage à sa féminité.

Grand-mère baissa les yeux un moment, émue par le souvenir de son mari. Changer de sujet aurait été une bonne idée. Piquée par la curiosité, je lui demandai plutôt la permission de poser une question… indiscrète. Elle hésita un peu, avant d'acquiescer. Je ne fis pas de détour ni de métaphore : « Grand-maman, comment ça s'est passé pour toi, la première fois? »

Grand-mère mit un certain temps à se remettre de la surprise, à respirer un bon coup, avant de me confier qu'elle n'avait pas *dormi* avec grand-papa Plìnio avant la nuit de noces. C'était la norme, à l'époque. Je pouffai de rire avant de lui préciser que je ne parlais pas de ça, loin de moi l'idée d'être aussi indiscrète! Je parlais de ses premières menstruations.

La méprise rendit les joues de grand-maman Nina aussi rouges que ses cheveux. En fait, elle n'en avait pas gardé un souvenir très précis. Elle devait avoir dans les douze, treize ans.

Comment peut-on oublier un moment aussi fondamental? Grand-maman Nina remarqua mon étonnement. Elle me demanda à son tour comment cela s'était passé pour moi. Je lâchai un long, long soupir : « Je ne le suis pas encore. J'ai presque 14 ans et toujours rien. Je pense que je ne connaîtrai jamais le plaisir de vivre une crise de SPM. »

Nous arrivâmes au centre commercial. En passant devant la librairie, grand-mère pointa la brique de philosophie orientale qui trônait dans la vitrine, vantant les vertus de la patience. J'avais les hormones tellement stressées que je doutais qu'une telle lecture réussisse à les détendre. Nous entrâmes tout de même dans la librairie. Nous nous dirigeâmes vers la section des livres d'épanouissement personnel, dans le vague espoir de trouver quelque chose pour les parents de Juliette.

Un survol panoramique des étagères me donna l'impression d'être à la pharmacie : du chômage à la dépression, il y avait des livres sur tous les maux sociaux. La vaste majorité portait sur les problèmes conjugaux. *Prenez soin de votre mariage. Transformez votre épouse en amante. Parvenir aux noces d'argent sans devenir fou. Les hommes sont de Mars, les femmes sont de Vénus.* Je feuilletai quelques-uns de ces *chefs-d'œuvre*, mais j'eus le sentiment que le père de Juliette avait besoin de quelque chose de plus puissant. Je ne savais pas s'il aimait la poésie, mais je demandai quand même à un des vendeurs où était la section poésie.

Le jeune homme dut réfléchir un moment avant de m'indiquer le fond de la librairie.

Le cœur me serra en voyant les quelques recueils de nos grands poètes québécois et français coincés sur la plus petite tablette de la librairie. Après avoir enlevé les toiles d'araignée, je dépoussiérai Roland Giguère, replaçai les cheveux bouclés d'Émile Nelligan et remis Apollinaire la tête à l'endroit. J'ouvris au hasard *L'homme rapaillé*, de Gaston Miron. Je tombai sur le poème *La marche à l'amour*. Après en avoir lu quelques passages, je décidai de l'offrir aux parents de Juliette.

❀

Le cours de guitare d'Alex finissait à 17 heures. Comme l'école de musique était située à quelques rues du centre commercial, nous avions le temps de grignoter quelque chose. Je pensais que grand-mère aurait envie de quelque chose de léger, un thé avec des biscuits secs, par exemple. Je me trompais. Elle affirma avoir retrouvé son estomac d'adolescente. Elle me tirait vers la partie restauration du centre commercial, bien décidée à s'offrir une coupe de crème glacée double dégoulinante de sauce au chocolat.

Beaucoup de nouvelles boutiques s'étaient installées depuis la maladie de grand-maman Nina. Elle marchait donc en tournant la tête d'un côté à l'autre comme si elle assistait à une partie de tennis. Un kiosque, pourtant en retrait dans un coin du corridor, attira particulièrement son attention. Au point d'apaiser l'urgence de la crème glacée chocolatée. À travers la vitrine, on voyait une blonde aux cheveux courts, presque rasés, avec une fine tresse qui lui descendait sur la nuque, aux côtés d'une espèce d'homme des cavernes, des bracelets argentés plein les bras et des muscles menaçant de faire craquer sa chemise. Les deux se tenaient courbés au-dessus d'une chaise où était assise une fille de mon âge, la bouche ouverte, la langue tirée.

La jeune blonde prenait ciseaux, pinces, aiguilles et autres bidules chirurgicaux d'un plateau en inox, qu'elle tendait ensuite à l'homme des cavernes, au fil de ses demandes. Ce dernier portait un masque et des gants. Grand-mère me demanda s'il était dentiste ou oto-rhino-laryngologiste. Ni l'un ni l'autre. Je lui pointai l'enseigne accrochée au mur :

TATOUAGE ET PERÇAGE

L'émotion à fleur de peau

Le nez dans la vitrine, grand-maman Nina ne parvenait pas à bien voir le travail de la blonde et de l'homme des cavernes. Je lui proposai d'entrer. Elle accepta immédiatement. La blonde nous accueillit avec amabilité. Je pensai une seconde qu'elle portait un appareil dentaire. En fait, elle avait la gencive supérieure décorée de petits bijoux qui lui faisaient comme une troisième rangée de dents. Pour sa part, l'homme des cavernes affichait un perçage au front, seul endroit de son corps sans poil.

Après nous avoir mises à l'aise, l'homme se tourna de nouveau vers la jeune fille pour lui expliquer qu'il n'était pas question de lui percer le bout de la langue : « Tu pourrais perdre le sens du goût. » Elle répondit que ce serait merveilleux. Comme ça, elle n'aurait plus envie de vomir chaque fois que sa mère la forçait à avaler du brocoli. Malgré ses protestations, elle finit par accepter de se faire percer le milieu de la langue.

Le perceur demanda à son assistante de préparer l'antiseptique. Il obligea ensuite la jeune fille à se gargariser avec un liquide sombre qui lui arracha une grimace. L'assistante suivait avec une attention intense chaque geste du maître. Il tira de sa poche un crayon-feutre pour marquer l'endroit du perçage. Il y piqua une aiguille, sans pitié et sans anesthésie. Frissonnant jusqu'aux os, je me couvris les yeux des deux mains. J'aurais dû me boucher les oreilles pour ne pas entendre les indications techniques sur l'introduction, à la suite de l'aiguille, du cathéter qui permettait d'installer le bijou.

Comme devant les films d'horreur, je n'eus le courage de regarder qu'une fois le pire passé. L'homme des cavernes en était à expliquer que la bouche était un véritable zoo à bactéries. Un perçage buccal exigeait donc des précautions particulières pour éviter les infections et autres désagréments, comme des égratignures aux gencives, de l'enflure – et même, mais beaucoup plus rarement, des fractures de dent ou l'aspiration du bijou. C'est pourquoi il n'utilisait que des aiguilles jetables et désinfectait ses instruments dans un stérilisateur « fabriqué en enfer ». Cependant, le temps de cicatrisation dépendait beaucoup du comportement du patient. Les trois premiers jours, il devait sucer de la glace et boire de l'eau très froide, faire un jeûne de baisers et d'épices, éviter à tout prix de se ronger les ongles et, enfin, résister à la tentation de tirer la langue toutes les cinq minutes pour montrer le bijou aux amis et collègues.

La jeune fille n'écoutait pas un seul mot. L'homme des cavernes semblait conscient de parler pour les murs, mais il continua quand même à défiler sa liste de conseils. De toute façon, il était à sa disposition – au moindre problème, elle n'avait qu'à lui téléphoner.

Pendant qu'il retirait les gants chirurgicaux, il demanda mon nom et si je venais pour un tatouage ou un perçage. Je n'eus que le temps de me présenter. L'assistante s'interposa pour suggérer un *haltère* en or blanc au sourcil. Cela ferait un contraste divin avec mes yeux foncés. Un *haltère*? Le perceur rit de mon ignorance. Il tira de sa vitrine une petite tige avec une boule à chaque bout, semblable à ce qu'il avait installé sur la langue de la jeune fille, mais en plus petit. On pouvait payer par versements et justement, il y avait un rabais cette semaine sur l'installation et le bijou. Un détail, cependant, comme j'étais mineure, ma grand-mère devait signer une autorisation.

Je les remerciai en expliquant que j'étais entrée juste pour regarder, puis je me dirigeai vers la sortie. Cette fois, grand-maman Nina ne me suivit pas. Elle examinait l'*haltère* et, sans même en demander le prix, elle déclara qu'elle désirait le bijou.

L'assistante lui présenta deux copies d'une autorisation en lui demandant d'inscrire mes nom et prénom, puis d'apposer sa signature à l'endroit où il était inscrit

« signature du parent ou de la personne responsable. »
Grand-maman Nina, agacée, répondit : « Pas besoin de
signature. Le perçage est pour moi. »

Elle blaguait certainement! L'assistante me fixait,
en attente de ma réaction, mais j'étais aussi bouche
bée qu'elle. L'homme des cavernes fronça les sourcils, les plis de son front faisaient bouger son perçage.
Après avoir placé ses instruments dans le stérilisateur, il
s'excusa en prétextant qu'il avait un rendez-vous pour
un tatouage à domicile. Grand-maman Nina perçut tout
de suite qu'on cherchait à se débarrasser d'elle. : « Pas
de problème, je peux revenir demain. À moins que vous
ne préfériez venir chez moi? »

Constatant qu'il ne pourrait pas ruser avec grand-
mère, le perceur mit cartes sur table. Après de nombreuses années déjà à travailler dans le domaine, il
n'avait à déplorer qu'un seul accident grave. Celui
d'un grand-père venu au studio pour accompagner son
petit-fils. Pour faire plaisir à ce dernier, il avait accepté
de se faire percer une oreille. Or, le grand-père, en plus
de souffrir de problèmes circulatoires,
n'avait pas pris les précautions nécessaires
à une bonne cicatrisation. Résultat :
l'oreille s'était infectée au point qu'on
avait dû l'amputer partiellement. À peine
sorti de l'hôpital, le grand-père se précipita
au tribunal. Il entama une poursuite pour
dommages moraux, exigeant, entre autres,
la fermeture du studio. L'homme des cavernes fut

acquitté, mais il avait englouti une fortune en frais d'avocat. À la suite de cette affaire, il prit une résolution radicale : ne plus accepter de clients de plus de 60 ans, au grand jamais!

Grand-maman Nina le traita d'homme rigide et borné, rempli de préjugés. En vain. Elle menaça de recourir à la Commission des droits de la personne, avant de sortir du kiosque en maugréant que ce primate n'avait pas le droit de refuser de la servir.

La colère n'avait pas gâché l'appétit de ma grand-mère. Alors que nous étions à déguster notre collation gourmande, je lui demandai pourquoi elle tenait tant à s'accrocher un *haltère* au sourcil. Elle répondit qu'elle se sentait plus vivante que jamais. Selon Solange, beaucoup d'aventures l'attendaient encore. Les cheveux rouges et le perçage n'étaient peut-être pas courants chez les gens du troisième âge, mais ils pouvaient peut-être représenter un avantage aux yeux d'un jeune homme passionné.

Après un peu plus d'une heure de travail, les apprentis musiciens avaient l'habitude de sortir de leurs cours, des fourmis dans les jambes, débordants d'énergie. Comme Alex faisait habituellement partie de ce troupeau furieux, je trouvai étrange de ne pas le voir apparaître à la sortie. Grand-maman Nina s'inquiéta rapidement; et s'il lui était arrivé quelque chose?

LE POUVOIR DE jeanne

La télévision nous matraque de tant de tragédies! Il était trop tôt pour penser à un enlèvement, une attaque ou une agression sexuelle. Avant d'appeler la police, je suggérai que nous jetions un coup d'œil à l'intérieur de l'école.

Alex est fou de friandises, mais il n'était pas à la cantine. Nous jetâmes un œil dans toutes les salles de l'école de musique. Nous frappâmes aux portes des toilettes des gars, inspectâmes celles des filles, cabine par cabine, au cas où il aurait voulu, comme certains chenapans, se cacher pour espionner les filles. Toujours pas d'Alex. Lorsque grand-mère suggéra de vérifier à la bibliothèque, j'émis un sérieux doute : « Ce n'est vraiment pas le genre d'Alex. Il n'a aucune vocation pour le silence, encore moins pour la lecture; quand il touche à un livre, c'est pour s'éventer. »

Nous suivîmes quand même l'intuition de ma grand-mère. En entrant dans la bibliothèque, nous aperçûmes le garnement. Aussi incroyable que cela puisse paraître, mon frère était assis autour d'une table avec trois de ses copains à feuilleter des albums. Grand-mère sauta sur l'occasion pour vanter les mérites de son petit-fils préféré : « Et qui disait qu'il n'aimait pas la lecture? » Je dus ravaler mes paroles. Nous nous approchâmes pour le rejoindre et là, je compris vite, qu'en fait, ils étaient à s'échanger et à marchander des cartes de pouvoir de jeux de rôles. C'était à mon tour d'ironiser. Je me penchai vers grand-mère en lui disant : « Belle lecture inspirante, n'est-ce pas? »

 180

Soudain, Alex se mit à sautiller entre les tables en proclamant qu'il avait enfin mis la main sur la carte la plus puissante du jeu. La surveillante souffla un « chut », irritée par ce brouhaha. S'adressant à nous, il continua à exprimer sa joie : « La carte des dix ouragans cosmiques! Le plus grand pouvoir du personnage le plus puissant, Klingorh! » Grand-mère, sans trop comprendre la raison d'une telle joie, serra Alex dans ses bras.

Le deuxième « chut » de la surveillante ressemblait à une sirène de bateau. Elle pointa l'affiche placée à côté de la porte :

LA LECTURE
EST UN
VOYAGE
ACCOMPLI
DANS LE
SILENCE.

Peut-être nous indiquait-elle la sortie, en fait? Dans le doute, valait mieux déguerpir. En route vers la maison, je traitai mon frère d'épais pour avoir disparu comme ça à l'heure où nous avions convenu de nous retrouver. Il me rétorqua de me mêler de mes affaires, je n'étais pas sa mère! Grand-maman Nina calma le jeu en racontant une histoire de son enfance au Brésil. La trêve ne dura pas. Une fois à la maison, grand-mère annonça qu'elle ferait de la pizza. Je demandai au jambon tandis qu'Alex demanda au fromage, juste pour m'embêter.

Grand-mère déclara que c'était absurde de se disputer pour si peu. Elle prépara une pizza démocratique : une moitié au jambon et l'autre au fromage. Alex se dépêcha de dévorer sa part, pour ensuite sauter sur la dernière pointe au jambon et s'enfuir à la salle de bain.

Il avait laissé sur la table, près de son album, sa carte aux dix ouragans cosmiques de Klingorh, prête à être réduite à une poignée de confettis. Percevant mes sombres pulsions, grand-maman Nina offrit de me préparer une autre pizza 100 % jambon, rien que pour moi.

Non merci, je n'avais plus faim, j'avais juste envie de hurler après mon égoïste, mon mal éduqué, mon goinfre, mon désagréable, mon accaparant et mon envahissant de frère. Grand-maman Nina ne comprenait pas : si je n'avais plus faim, pourquoi être si contrariée par le vol d'une pointe de pizza? Selon son opinion de psychologue amatrice, la pizza n'était qu'une excuse pour déverser une colère plus profonde, qui n'avait probablement rien à voir avec Alex. Après quoi hurlais-je, après qui?

Il n'y avait pas à réfléchir longtemps pour aboutir à une réponse. Mon frère n'a rien d'un saint, mais il n'était pas la raison, enfin, pas l'unique cause de mon envie de mettre le monde à feu et à sang. J'avouai à grand-maman Nina que la principale cause de mon irritabilité était de voir arriver à un train d'enfer ce fameux vendredi soir. Plus je songeais à cette fête chez Juliette, plus je sentais monter mon sentiment d'insécurité. Et si Gus faisait une rechute de sa grippe et ne venait pas? Ou pire, s'il venait, mais qu'il ne voulait pas faire un bout avec moi? Encore bien pire, s'il choisissait plutôt de le faire avec Danyelle? Ce serait la fin du monde!

Juste d'y penser, j'avais le cœur prêt à exploser. Grand-maman Nina se fit une boule avec les miettes de mozzarella de mon assiette, avant de me demander, en mastiquant cette boule, comment elle pouvait m'aider. Très simple : elle n'avait qu'à m'accompagner chez Juliette pour surveiller de près la Danyelle pendant toute la fête. Ainsi, sa petite-fille chérie aurait la possibilité de faire un bout avec Gus sans personne pour se mettre en travers du chemin.

Grand-maman Nina me montra sa main fermée avant de l'ouvrir, un doigt après l'autre. D'abord, le pouce : elle n'irait jamais à une fête sans avoir été invitée. L'index : qu'est-ce qu'une vieille schnoque du troisième âge ferait au milieu d'une tribu d'adolescents? Le majeur : comment coller aux semelles d'une fille qu'elle ne connaissait même pas? L'annulaire : elle détestait ce tapage que les adolescents appellent musique. Enfin, l'auriculaire : qui resterait à la maison pour s'occuper de mon frère?

En toute modestie, j'avais réponse à toutes ces objections. Ça ne dérangerait pas Juliette si j'amenais une amie à la fête, qui plus est ma grand-mère. Une vieille schnoque? On peut donner bien des noms à une femme qui teint ses cheveux en rouge et rêve d'un perçage au sourcil, mais certainement pas celui de vieille schnoque. De plus, grand-mère s'entend avec toutes les tribus et pour distraire Danyelle, il suffirait de lui raconter des histoires de gens de la haute société qui font des affaires à moitié nus sur les plages de Rio de Janeiro. Pour ce qui est de la musique, elle n'avait rien à craindre : le rock est un genre en voie de disparition, surtout le gros rock. Chez Juliette, c'est la ballade romantique qui a la cote. C'est parfait pour danser l'un contre l'autre, en se chuchotant des mots doux et en se bécotant dans le cou. Et si la prédiction de Solange se réalisait durant cette fête? Ne préférerait-elle pas vivre une rencontre rouge passion avec un jeune homme irrésistible, plutôt que de rester à la maison à s'occuper d'Alex? Parlant de mon frère, il connaissait tout le monde dans l'immeuble et adorerait passer une nuit à jouer à des jeux vidéo chez un petit voisin.

J'aurais pu encore décliner d'autres arguments pour parvenir à convaincre grand-mère, mais je dus répondre au téléphone. C'était un dénommé Adam. Je répondis qu'il y avait erreur. L'homme se mit à ricaner.

J'allais l'envoyer promener quand je reconnus le rire de mon père.

Il déclara qu'il se sentait comme Adam dans le paradis terrestre. Il pleuvait beaucoup à Percé et on ne pouvait profiter du quai qu'à travers la fenêtre fermée de la chambre. Cela dit, faire du tourisme n'est pas nécessairement en tête de liste des voyageurs en lune de miel, n'est-ce pas? Le gîte accordait mille petites attentions et plaisirs : douche à l'eau minérale, cinéma maison avec grand écran, fruits de mer et vin mousseux au déjeuner, foyer devant le lit.

En fait, c'était un faux foyer décoratif. Une vacillante lumière violette imitait la flamme, créant une atmosphère romantique. Ma mère prit le téléphone pour décréter que ce faux foyer était un chef-d'œuvre de mauvais goût. Elle n'avait pas voyagé aussi loin pour passer la journée entière confinée dans une chambre de gîte, sans pouvoir se promener sur le quai ou dans les boutiques ou visiter les lieux historiques qui marquèrent la naissance du Canada – et tout ça, à cause d'une maudite pluie qui trempait tout, y compris le fond de son âme!

Adam et Ève ne semblaient pas partager la même opinion quant au climat. Ma mère s'informa ensuite de la maisonnée – elle envoyait un bisou à Alex. Elle demanda ensuite à parler à ma grand-mère. Je ne sais pas de quoi elles ont discuté, mais grand-maman Nina lâcha un long soupir après leur conversation.

LE POUVOIR DE *jeanne*

Le fatidique vendredi survint. Je ne m'étais toujours pas décidée : mettrai-je ma robe fuseau noire
avec le collier de perles de ma mère ou, dans un style
plus décontracté, enfilerai-je un jeans avec une blouse
ajustée, décolletée juste ce qu'il faut. Je revenais de
l'école, ruminant ce doute. En passant devant le bureau
du concierge de l'immeuble, je lui lançai à la blague :
« Alors, à votre avis : robe fuseau ou jeans? » Il me
regarda d'un air perplexe, comme si je parlais une autre
langue. Il finit par lâcher un « Hein? »

Pendant que j'attendais l'ascenseur, le concierge,
qui avait repris ses sens, me rejoignit pour me remettre
une enveloppe. Je reçois bien sûr des tonnes de cour-
riels, mais je ne me souviens pas d'avoir reçu une lettre
réelle, je veux dire en papier. « C'est pour moi? » Le
concierge m'assura que oui. Je l'ouvris. Elle contenait
un mot d'amour; trois lignes, empilées comme les vers
d'un haïku, une sorte de poème très court, de tradition
japonaise, qui en dit beaucoup en peu de mots :

> Ce soir grande fête
> Danseras-tu avec moi?
> D'un ami... pour l'instant

Ce n'était pas signé, mais c'était la même calligraphie que les autres billets. Selon madame Leclerc, un poème n'est pas une recette de gâteau ni un manuel d'instructions. On ne pouvait donc essayer de le comprendre de façon purement logique. J'avais le sentiment que Gus ne m'invitait pas seulement à danser, mais bien à faire un bout, peut-être même à sortir ensemble. Dans le dernier vers, il semblait indiquer, par sa façon de mettre en relief la locution *pour l'instant*, qu'il souhaitait que notre amitié ne soit qu'une étape vers autre chose.

Je voulais vérifier si c'était bien Gus qui avait apporté la lettre, mais le concierge n'avait pas fait trop attention au garçon… il n'était ni grand ni petit ni gros ni maigre ni brun ni blond. Devant un tel sens de l'observation, je lui suggérai de songer à la carrière de détective!

Une fois dans l'ascenseur, je portai l'enveloppe à ma bouche, tout en récitant le haïku que je savais déjà par cœur. J'avais hâte de le réciter à grand-maman Nina, mais quand elle ouvrit la porte en lançant un « Tadam! », j'en perdis la voix.

La nouveauté de ma grand-mère était bien plus impressionnante que la mienne : elle arborait un perçage en forme de spirale accrochée au sourcil! Comment avait-elle convaincu l'homme des cavernes d'accepter de faire le perçage? Avec un sourire rusé, grand-maman Nina répondit qu'il existait d'autres cavernes en ville. Maintenant, elle avait envie d'un autre perçage, au menton ou à la narine peut-être, qu'est ce que j'en pensais?

Super! Ce n'était peut-être qu'une impression, mais grand-maman Nina paraissait vraiment plus jeune avec ce perçage au sourcil. Elle me remercia pour le compliment, puis remarqua mon enveloppe : « Pas un autre billet anonyme? » En lui faisant lire ces doux mots d'amour, j'en avais profité pour insister : si elle voulait connaître mon poète, elle n'avait qu'à venir avec moi à la fête des parents de Juliette.

Je pensais recevoir un non définitif, mais grand-maman Nina changea de sujet en m'informant qu'elle avait un autre billet à me montrer.

Un autre billet?

Elle arracha une feuille du bloc-notes à côté du téléphone, avant de me demander de lui expliquer ce qu'il y était écrit : « La cliente de 16 heures informe le salon de Solange qu'elle se voit forcée d'annuler son rendez-vous. »

Ah! Comment avais-je pu oublier de détruire ce papier?

Comme elle connaissait mon rêve de devenir écrivaine, j'aurais pu essayer de lui faire avaler que la phrase faisait partie d'un de mes contes, et que, donc, toute ressemblance avec des personnes et des faits réels était purement fortuite. Je n'avais pas le cœur de mentir à ma grand-mère. En prenant une grande respiration, je lui avouai qu'en écrivant, je pouvais donner vie aux mots.

En apprenant que ma rédaction avait sauvé Jeanne d'Arc du bûcher, grand-maman Nina voulut savoir jusqu'où allait mon pouvoir. Si j'étais capable de bouleverser le passé, alors, je devais avoir encore plus de facilité à arranger le présent. Pourquoi ne pas écrire un texte pour en finir avec la faim, les maladies, la guerre, le terrorisme, la pollution et le chômage dans le monde? Malheureusement, je n'étais pas Dieu, et, pour être honnête, je ne me croyais pas puissante au point de faire disparaître toutes les misères du monde. À mon sens, c'était déjà beaucoup de pouvoir aider les gens de mon entourage – par exemple, en libérant une place au salon de beauté ou en sauvant le mariage de mes parents.

À ce propos, grand-mère était impressionnée qu'en une seule phrase, je puisse réconcilier ces deux têtes dures. Après nous avoir servi une collation, elle s'assit devant moi. Nous grignotâmes un moment en silence. Lorsque je repoussai mon assiette, elle me demanda : « Rien d'autre, Jeanne? ». Je fis une grimace pour montrer que je n'avais pas faim. Elle ne parlait pas de la collation; elle voulait savoir si, par hasard, je n'avais pas inventé une phrase, un conte, un poème, un texte quelconque, enfin, où elle figurait comme personnage.

Depuis le jour béni où grand-maman Nina avait sauté du lit, elle n'avait plus repris aucun autre comprimé. Elle n'avait pas eu non plus la curiosité d'ouvrir l'agenda de la prise de ses médicaments. Je suis allée le chercher pour lui montrer la page où j'avais annoté : « Grand-maman Nina va guérir. »

189

LE POUVOIR DE *Jeanne*

D'abord, l'émotion étrangla sa voix, puis·elle se mit à sangloter, tout en m'embrassant très fort et en balbutiant plein de choses incohérentes, entre autres, que je méritais un prix Nobel de médecine! Une fois calmée, elle m'annonça qu'elle acceptait mon invitation de l'accompagner à la fête chez Juliette : « Je te dois bien ça pour m'avoir guérie. »

Je téléphonai à la mère du petit Raphaël, le meilleur ami d'Alex. Je lui expliquai que ma grand-mère souhaitait m'amener à une fête, mais comme mes parents étaient en voyage… Je n'eus pas besoin de continuer. Elle s'offrit tout de suite pour garder mon frère, entre voisins, on peut bien s'entraider, Alex est si bien élevé, ce n'est pas une corvée de s'en occuper. Bien élevé, Alex? J'eus peur un moment qu'elle confonde Alex avec un autre garçon, mais j'acceptai le compliment et je la remerciai deux fois plutôt qu'une. À peine avais-je raccroché que j'expédiais mon frère chez la voisine.

Je plongeai ensuite dans ma préparation en vue de la fête. Sous la douche, je réfléchissais encore à ce que j'allais porter. L'eau chaude me donna une inspiration. De retour dans ma chambre, j'étalai sur le lit les deux toilettes qui me tentaient, soit la robe fuseau et l'ensemble jeans-blouse ajustée. Après m'être enduite de crème, j'appelai grand-mère à l'aide.

190

Elle trouva très joli l'ensemble jeans-blouse, mais c'est la robe fuseau qui la fit craquer. Elle regrettait de ne plus avoir l'âge ni la silhouette pour enfiler un modèle si polyvalent, à la fois classique et sexy.

Si elle aimait tant la robe, pourquoi ne pas la mettre pour la fête?

Grand-maman Nina refusa, presque scandalisée par ma suggestion, ajoutant qu'elle ne voulait pas mourir étouffée par la robe. Je lui rappelai que j'avais le pouvoir d'ajuster la robe à sa taille, en un seul coup de crayon. Elle appréciait mon offre, mais non, ça ne l'intéressait pas. Déjà, elle avait choisi un bel ensemble à motifs – celui qu'elle portait à mon baptême. Là-dessus, elle est allée à son tour à la salle de bain.

J'en profitai pour entrer dans sa chambre. Une odeur de moisi et de naphtaline me prit à la gorge. Je sais que les acariens sont invisibles à l'œil nu, mais je jurerais en avoir vu défiler à la queue leu leu sur la blouse et la jupe étendues sur la chaise. Grand-maman devait bien avoir un vêtement plus, comment dire... sain? Je fouillai dans ses tiroirs et sa garde-robe : rien que des vêtements démodés ou fanés, bref, dans un état lamentable.

Je ne voyais qu'une seule solution : transformer la robe fuseau. Soudain, j'eus une autre idée qui était pour ainsi dire l'envers de la première. Au lieu d'agrandir le vêtement, je devais réduire les mesures du mannequin. Pour bien porter cette robe, madame devait retrouver son corps de jeune fille! Je devais faire remonter grand-maman dans le temps.

LE POUVOIR DE *Jeanne*

Je repris l'agenda de ses médicaments. Sur la même page où j'avais griffonné sa guérison, j'écrivis une phrase encore plus audacieuse :

> *Elle s'est glissée sous la douche âgée de 70 ans, elle en sortira âgée de 13 ans.*

Après un bref moment, j'entendis un cri venant de la salle de bain : « Grand-maman, ça va? » Pas de réponse. J'ouvris la porte. Bien qu'imaginant ce qui m'attendait, je ne pus m'empêcher de sursauter en tombant sur une fille de mon âge.

Grand-maman Nina se tenait devant le miroir, la main devant la bouche, ne sachant si elle devait rire ou pleurer. La serviette sur ses épaules ne cachait pas ses seins, plus gros que les miens, d'ailleurs. Était-elle déjà menstruée? Elle avait toujours son perçage au sourcil; le rouge de ses cheveux était rehaussé par l'eau; le nez exempt de tout bouton : bref, un pétard!

Sans parvenir à détourner son regard du miroir, elle me demanda quelle était l'idée de faire d'une vieille une adolescente. Je n'avais pas le choix : « C'était la seule façon de permettre à madame d'enfiler la robe fuseau. » J'éclatai de rire. « Madame », c'était vraiment devenu une manière de parler! À partir de maintenant, il n'était plus question de « madame » et encore moins de « grand-maman ».

En séchant ses cheveux, Nina avoua qu'elle ne s'en plaignait pas. Après tout, il n'est pas donné à tous de retrouver littéralement son adolescence, sans avoir à parcourir ses albums de photos ou à recourir à la chirurgie esthétique. Cependant, son bonheur n'était pas tout à fait complet ni sans nuages. Et si quelqu'un découvrait la vieille qui se cachait dans le corps de cette jeune fille?

Pour la rassurer, je lui jurai que j'écrirais plus tard – c'est-à-dire après la fête – une phrase magique pour faire en sorte que Nina Cendrillon retrouve son aspect de respectable grand-maman. Ou, comme elle le disait elle-même, de schnoque du troisième âge. De plus, il n'y avait rien à craindre du côté des parents puisqu'ils étaient à des kilomètres d'ici et ne revenaient pas avant dimanche soir très tard.

Le seul dont il fallait peut-être se méfier était le concierge, mais il était absorbé par le changement d'une ampoule quand une robe fuseau noire et un ensemble jeans et blouse s'échappèrent de l'ascenseur, puis de l'immeuble, pour sauter dans le premier taxi.

Une lune de miel à l'eau

Les parents de Juliette, un sourire accroché aux lèvres, accueillaient leurs invités au salon. La mère de Juliette, Nathalie, portait une longue robe brodée qui avait dû coûter une fortune. Malgré cela, elle semblait inquiète de l'effet que produisait ma grand-mère dans la robe fuseau. Elle me demanda de lui présenter cette jeune fille qui me ressemblait tant. Nina et moi avons échangé un regard paniqué : nous avions oublié de nous entendre sur la façon de la présenter. J'improvisai : « C'est Nina, ma cousine du Brésil. Elle est de passage pour quelques jours seulement. Elle parle français. » Marc, le père de Juliette, se dit enchanté de rencontrer une aussi jolie demoiselle. Il se pencha pour lui faire un baise-main.

L'hypocrite déballa mon cadeau. Il s'écria que Miron était son poète préféré. Selon lui, peu de poètes avaient su entremêler si magnifiquement l'engagement politique et l'engagement amoureux. Je croyais qu'il ne cherchait qu'à être poli, mais soudain, empoignant les mains de sa femme, il commença à lui réciter par cœur, les yeux dans les yeux, des passages de *La marche à l'amour*! Et moi qui croyais que mon cadeau « codé » lui ferait l'effet d'une claque au visage! Pendant qu'un petit cercle se formait autour du couple, on baissa la musique pour mieux entendre le poème. Marc termina sa tirade en donnant un baiser passionné à Nathalie, sous les applaudissements des invités.

C'est à ce moment que je l'aperçus. Vous ne devinerez jamais qui se trouvait parmi ce petit cercle enthousiaste et ému : la Julie, oui, la maîtresse du père de Juliette en personne. Elle criait « Encore! Encore! », les seins débordants de silicone et les rides d'expression effacées par le *botox*. Je n'en croyais pas mes yeux! Non satisfaite de paraître à la fête, elle en rajoutait en proposant un toast au bonheur éternel du couple. Elle vida ensuite sa coupe de vin d'un trait.

Je sentis une nausée de dégoût me monter à la bouche. Indignée, j'entraînai Nina vers la salle à manger pour la présenter à quelques camarades de classe : Laetitia, Maude, Rachel, Élise, Camille, Alice et Juliette. Mes amies la saluèrent en chœur. Amusée de la coïncidence, Juliette remarqua : « Ta grand-maman s'appelle aussi Nina, non? » Je souris, un peu mal à l'aise, déplorant en moi-même ne pas avoir choisi un autre nom pour ma « cousine ».

Danyelle restait silencieuse et distante. Elle se promenait parmi les invités, comme si elle était la maîtresse de maison. Elle ne daigna prendre note de la présence de Nina que pour examiner son perçage au sourcil, après un *salut* glacial.

Gus ne semblait pas être dans les parages. Serait-il resté chez lui, cloué au lit par la grippe?

Un peu perdu parmi tant de filles, Junior vint tout naturellement vers moi. Il s'informa du dictionnaire. Ça me prit un petit moment pour me rappeler notre conversation au pied de l'arbre, quand il m'avait révélé vouloir changer de prénom. Je lui avais proposé d'emprunter pour lui un dictionnaire de prénoms. J'avais complètement oublié. Je m'excusai, promettant à nouveau de lui en apporter un. Je me tournai ensuite vers la porte d'entrée.

Les invités faisaient toujours la file pour présenter leurs bons vœux aux parents de Juliette. Toujours pas de Gus en vue. Junior, me sentant inquiète, me demanda si ça allait. Oui, très bien, répondis-je, me dépêchant de changer de sujet.

Je demandai des nouvelles de Freddy. Junior était tout content de me raconter que son chien était maintenant capable de zigzaguer entre des bouteilles alignées. Je savais que cet inoffensif tour d'adresse faisait partie d'un plan pour dresser Freddy à attaquer tout intrus – ou, pour être plus précise, le père de Junior. Comme je l'avais promis à Solange, j'essayai de convaincre Junior de faire attention avec cette histoire de dressage. Je lui demandai, au nom de notre amitié, de ne pas transformer le chien en un loup sauvage.

Cela n'avait rien à voir avec notre amitié, répondit

Junior. Il avait beaucoup d'amitié pour moi, mais il n'était pas question de laisser son foyer sans protection.

J'eus beau lui opposer argument après argument, il les réfuta les uns après les autres. Fatiguée d'insister, je traitai Junior de tête dure. Je lui dis qu'il pouvait oublier le dictionnaire de prénoms. « Je ne voulais pas te froisser », dit-il. « Ce n'est pas ça » dis-je. « Je viens de trouver ton nouveau prénom. À partir de maintenant, je vais t'appeler Pierre, parce que tu as la tête aussi dure que de la roche! »

Ce prénom un peu démodé plut à Junior. Il était heureux de recevoir son prénom d'une fille comme moi, aussi… aussi… Il cherchait toujours le bon adjectif, quand Juliette me rejoignit pour me passer son cellulaire : « C'est pour toi. »

J'étais sûre que c'était Gus, qui d'autre pouvait m'appeler à cette heure-là? Je pris le cellulaire d'une main tremblante, avant de m'éloigner un peu pour parler à mon aise. Je dis « allo » comme dans un souffle. À l'autre bout, quelqu'un se mit à pleurer, quelqu'un dont je ne parvenais pas à deviner le sexe et encore moins l'âge. Après quelques sanglots, la personne réussit à prononcer mon prénom et je reconnus la voix de Solange.

Je lui demandai la raison de tels pleurs, d'où m'appelait-elle, voulait-elle que je lui passe Pierre, je veux dire, Junior. Solange ne voulait surtout pas parler à Junior-Pierre pour le moment. Il était arrivé un malheur. Je ne comprenais pas bien ce qu'elle me racontait à travers ses pleurs et le brouhaha de la fête. Cependant, j'ai nettement saisi les mots sang et ex-mari. Solange avait-elle fait une bêtise? Je lui demandai de s'expliquer plus clairement, mais elle s'était remise à sangloter et me priait d'aller la rejoindre chez elle.

Quitter la fête? Pas question! Je n'étais ni psychologue ni travailleuse sociale, je ne voulais pas rater l'arrivée de Gus, j'avais passé la semaine à me préparer pour cette fête et il n'était pas question de gâcher cette soirée pour un malheur qui ne me concernait en rien! Mais je n'eus pas le courage d'ignorer le désespoir de Solange. En entendant parler de sang, je sentis un frisson d'horreur en imaginant le père de Pierre au milieu de la cour, le visage baignant dans une mare de sang, marqué par les crocs de Freddy.

Je dramatisais sûrement. J'avais toujours adoré les histoires policières et j'avais dû voir une scène  semblable dans une série télévisée mal doublée. J'acceptai quand même de rejoindre Solange pour constater moi-même les faits.

Pierre s'inquiéta de ma pâleur, attendant une explication. Je réussis à bégayer qu'une amie déprimée avait un besoin urgent de me voir. Il ne semblait pas convaincu, mais il n'insista pas. Il ajouta seulement qu'il n'était pas prudent de circuler seule le soir et s'offrit pour m'accompagner.

Il ne fut pas facile de convaincre Pierre le têtu que je n'étais pas une fille sans défense. Je n'avais pas besoin d'un garde du corps. D'ailleurs, l'amie en question n'habitait pas très loin.

Je remis à Juliette son cellulaire et me mis à la recherche de Nina. Elle était près du plateau de friandises. Elle mastiquait un bonbon au caramel, tout en papotant avec Danyelle à propos de leurs prochains perçages. Je l'entraînai un peu en retrait pour la prévenir que je devais sortir un instant – je lui donnerais les détails plus tard. Je lui demandai de dire à Gus, s'il arrivait entre-temps, que je ne tarderais pas.

Ma vision d'horreur s'avéra assez juste. Il y avait bien un corps dans la cour de Solange, le visage dans le sang, mais ce n'était pas celui du père de Pierre. Selon Solange, son ex-mari avait dû se cacher quelque part dans la rue. Il avait décidé de s'introduire dans la maison après avoir vu son fils la quitter. En menaçant Solange d'un canif, il lui avait demandé de l'argent, se rendant jusqu'à sa chambre pour la fouiller de nouveau. Il avait fini par trouver sa carte bancaire et avait exigé qu'elle lui révèle son NIP. C'est alors qu'elle avait réussi à s'échapper jusqu'à la cour en criant, poursuivie par son ex-mari.

Freddy avait bondi hors de sa niche pour défendre sa maîtresse, plantant ses crocs dans la cuisse de l'intrus.

Solange avait tenté d'éloigner le chien, mais il n'obéissait qu'à la voix de Pierre. Il continuait à gronder et à mordre. L'ex-mari n'avait réussi à s'en dégager qu'après lui avoir tranché la gorge avec la lame de son canif.

Les cris de Solange avaient effrayé son ex-mari. Il craignait d'être pris en flagrant délit. Il s'était donc enfui sans insister davantage pour obtenir le NIP de la carte bancaire de Solange. Curieusement, personne du voisinage n'était apparu aux fenêtres malgré les cris. Peut-être parce que, ce soir-là, après des semaines de suspense, on allait enfin savoir qui avait empoisonné la propriétaire de l'immeuble du téléroman de 20 heures.

Solange avait tenté par tous les moyens à sa disposition d'arrêter le sang qui s'écoulait de la gorge de Freddy. Rien ne fonctionnait. Elle avait alors essayé de joindre une clinique vétérinaire, mais elles semblaient toutes fermées. C'est alors qu'elle avait décidé, en dernier recours, de faire appel à moi. J'étais la seule personne de sa connaissance à pouvoir l'aider.

Je collai mon oreille sur la poitrine du chien. Je ne percevais aucun son, aucun mouvement. Il n'était pas nécessaire d'être vétérinaire pour conclure que Freddy était mort. Il avait les yeux ouverts sur le néant. Je lui fermai les paupières. J'allais me recueillir un instant, mais Solange ne m'en laissa pas l'occasion. Selon elle, j'avais guéri ma grand-mère en une seule petite phrase; je devais pouvoir ressusciter le chien.

Pierre entra alors dans la cour. Il me semblait bien avoir été suivie! Il se rua sur son chien, le flattant et lui chuchotant à l'oreille comme pour le rassurer, le visage enfoui dans sa fourrure. Au bout d'un moment, il se releva brusquement. Il avait certainement entendu notre conversation, puisqu'il se dirigea vers la rue, les poings crispés, en disant qu'il reviendrait quand il aurait réglé le cas de son père.

Solange, craignant une autre tragédie, tenta de le retenir en lui disant qu'il valait mieux se calmer les esprits et d'abord enterrer le chien. Pierre ne voulait rien entendre. Dans un geste désespéré et dérisoire, elle se dépêcha de verrouiller la porte de la clôture et de cacher la clé dans son soutien-gorge. Comme si cela pouvait empêcher Pierre de sauter par-dessus la clôture!

Quand je le vis escalader la haute clôture, je laissai de côté mes doutes et mes réticences. Je n'avais jamais osé défier la nature au point de ramener un mort à la vie, mais je n'avais plus le choix. Je devais essayer. Je courus dans la maison et j'écrivis sur une vieille facture d'électricité :

Freddy n'a peut-être pas neuf vies comme un chat, mais il va quand même revivre à l'instant même.

En revenant dans la cour, j'entendis Solange s'écrier à travers ses larmes, en montrant du doigt le chien : « Il a remué la queue! »

Pierre, qui s'apprêtait à se laisser tomber de l'autre côté de la clôture, remonta pour s'asseoir à cheval dessus. Il tomba presque quand il vit le chien s'étirer, s'ébrouer, encore humide de sang, puis se mettre à courir en aboyant joyeusement, comme s'il n'avait fait que semblant d'être mort. N'est-ce pas un des tours que font les chiens dressés?

Au comble de la joie, Pierre en oublia sa vengeance. Il se jeta au cou de son ami et roula avec lui dans la cour.

Solange n'en finissait pas de me remercier. Elle me demanda tout bas si, sans vouloir abuser de ma bonté, il ne me serait pas possible d'expédier au loin son ex-mari – quelque part de l'autre côté de la terre, sur un sommet glacé quelconque de la Sibérie ou dans un temple perdu du Tibet. Je dis en riant que j'y réfléchirais. Je saluai Pierre d'un signe de la tête. Il voulut m'accompagner, mais je le persuadai qu'il était plus prudent de rester avec sa mère. Je demandai seulement la permission de passer un coup de fil. Je téléphonai à Juliette. Elle m'informa que Gus avait déjà quitté la fête, ainsi que Nina. Il ne me restait plus qu'à rentrer à la maison.

En arrivant au coin de ma rue, j'aperçus un jeune couple sous un arbre. Je ne voulais pas être indiscrète, mais l'arbre étant situé pour ainsi dire devant mon immeuble, je fus bien obligée de passer tout près d'eux.

C'est à ce moment que je reconnus les cheveux rouges et la robe fuseau noire.

Les prédictions de Solange s'étaient avérées justes : ma grand-mère était en train de vivre sa rencontre rouge passion! Nina était tellement absorbée par le baiser qu'elle ne remarqua pas ma présence. Je crois que si le ciel s'était entrouvert à cet instant-là pour laisser une nuée d'abeilles extraterrestres envahir la terre, elle ne se serait rendu compte de rien. Le jeune homme était certainement plus aux aguets. Il devait garder les yeux ouverts en embrassant, parce qu'il se cacha vite derrière l'arbre en m'apercevant sur le trottoir. J'eus le temps de remarquer sa veste de cuir, semblable à celle de Gus, mais ce type de veste étant très à la mode, ça pouvait être celle d'un tas de garçons.

Tout de même, ne fût-ce que par jalousie absurde, paranoïaque, cela éveilla mes soupçons. Quelque chose clochait. Pour en avoir le cœur net, je tapai sur l'épaule de ma grand-mère.

Nina se retourna en sursautant. Elle me demanda tout de suite, en s'essuyant la moustache de rouge à lèvres, pourquoi j'avais disparu ainsi de la fête. Je lui répondis que ce n'était pas le moment d'en parler. Pourquoi ne me présentait-elle pas son amoureux secret? Le garçon restait toujours tapi derrière l'arbre, mais Nina le tira par un bras pour le sortir de sa mauvaise cachette.

À ce moment précis, une bonne part de mes illusions d'adolescente s'envolèrent. Solange avait raison au fond : les hommes ne sont bons qu'à changer les

203

ampoules et à tuer les araignées, et encore! Certains ne valent pas mieux que ces vilaines couleuvres qu'on écrase à coups de talon.

Parlant de punition cruelle, comment ne pas condamner une grand-mère qui volait à sa petite-fille son ex-futur amoureux?

J'avoue que j'eus envie d'arracher le perçage de Nina et l'œil aussi, pour faire bonne mesure. Je compris rapidement qu'elle était peut-être aussi victime que moi dans cette histoire lorsqu'elle me présenta à son petit ami : « Louis, je te présente ma cousine Jeanne. »

Au lieu de lui cracher au visage mon cœur en pièces, je tendis la main : « Bonsoir Gus! Ça va bien? »

Ma grand-mère se tourna vers le traître : « Comment Gus? Tu ne m'as pas dit que tu t'appelais Louis? » Le voyant rester sans rien dire, j'ai répondu à sa place : « Certaines filles l'appellent Louis, d'autres préfèrent Auguste et pour son fan-club, c'est Gus; avec deux prénoms et un surnom, ça multiplie par trois les conquêtes féminines. »

Était-ce la peur d'être étranglé – après tout, nous étions deux contre lui – mais Gus détala sans demander son reste. Ma grand-mère me fit alors le résumé de sa soirée. Danyelle avait déployé tous ses charmes pour attirer l'attention de Gus, mais ce sont les cheveux rouges, le perçage au sourcil et le charmant accent brésilien de Nina qui avaient retenu son attention. Ils s'étaient mis à bavarder, puis à danser ensemble. Lorsqu'elle lui avait dit que nous étions cousines, Gus avait prétendu être un voisin de Juliette et s'appeler Louis – tout court. Ils avaient passé toute la soirée ensemble. Au moment de partir, il s'était offert pour la reconduire chez elle et c'est là qu'il lui avait volé un baiser.

Sa version me parut crédible. Nina ne pouvait pas deviner que Louis et Gus étaient le même salaud. Il n'y avait que l'épisode du baiser volé qui me faisait tiquer; sans le consentement de ma grand-mère, le baiser n'aurait pas duré si longtemps!

Mais bon, ce n'était pas le moment de chipoter sur les détails. Une fois de retour à l'appartement, Nina, aussi humiliée et blessée que moi, courut aussitôt à la salle de bain pour se frotter le visage avec du savon et retirer la robe fuseau.

À peine une minute plus tard, on sonna à la porte. Je jetai un coup d'œil à l'horloge du salon : nous avions oublié de reprendre Alex! Pensant que c'était la mère de Raphaël qui le ramenait, j'ouvris la porte sans même penser à vérifier par l'œil magique.

« Maman? Quelle surprise! Vous deviez revenir seulement dimanche! »

Elle entra dans l'appartement, chargée de valises et de sacs qu'elle laissa tomber dans le corridor, en se plaignant qu'elle était à bout. Après avoir bu un grand verre d'eau, elle s'affala sur le divan et m'expliqua enfin qu'elle avait décidé de rentrer pour éviter la crise de nerfs.

205

LE POUVOIR DE Jeanne

Elle n'en pouvait plus de la pluie, de la télévision, des vues sur la mer, des jeux de patience et surtout d'entendre mon père seriner être au paradis avec son « Ève ».

Je ne comprenais plus rien. Comment une maîtresse de maison comme ma mère, manquant de confiance en elle au point de ne pas vouloir engager une femme de ménage, pouvait-elle se transformer en à peine 36 heures en une femme sûre de ses moyens et indépendante? Elle qui se plaignait de son mari parce qu'il ne se souvenait jamais de leur anniversaire de mariage? Lui qui ne lui donnait pas de baisers de bonne nuit et qui ne pensait qu'aux sports? Au moment où le pauvre homme change d'attitude, l'abreuve de compliments, madame pique une crise et ne veut plus rien savoir du romantisme!

Ma mère rétorqua que le romantisme avait ses limites; à trop fortes doses, ça peut devenir gazant, voire emmerdant. C'est ce qui était arrivé le deuxième jour, après le dîner, quand le soleil s'était enfin montré. Ma mère avait tout de suite enfilé un nouvel ensemble printanier et avait pressé mon père de s'habiller pour aller se promener sur la grève. Il ne voulait pas, il n'en avait pas envie, il préférait rester à la chambre pour flâner, rêvasser, lire collés l'un sur l'autre, à se bécoter, à se tenir la main, à se caresser doucement… N'étaient-ils pas en lune de miel après tout?

La suggestion avait transformé Ève en cobra. Elle était sortie de la chambre en disant qu'elle n'avait pas besoin de son mari pour faire une promenade. Elle s'était arrêtée à une petite terrasse près de la grève. Elle avait commandé des olives et une pinte de bière qu'elle avait levée pour porter un toast solitaire à la liberté.

Mon père avait fini par la rejoindre, penaud, tentant de faire la paix, mais ma mère, déjà un peu sous l'effet de l'alcool, ne voulait rien savoir. Elle avait passé une remarque déplaisante sur la veste qu'il portait, celle qu'il avait achetée à l'occasion de leur première lune de miel, la seule différence étant le diamètre du ventre de mon père. Mon père avait proposé d'aller dans les boutiques du village pour en choisir une nouvelle. Elle lui avait répondu d'y aller tout seul.

Les gens de la place et les touristes avaient commencé à s'assembler sur la terrasse et un peu partout dans le village, heureux du retour du soleil. Des musiciens amateurs jouaient de la musique et chantaient à l'autre bout de la terrasse. Mon père était allé discuter avec eux. Tout à coup, ils avaient entamé la mélodie de la chanson *Je l'aime à mourir*, que mon père s'était mis à chanter en hommage à ma mère, devant les gens assemblés, s'approchant doucement d'elle. Ma mère faisait à la fois des sourires gênés et figés à ses voisins de table et des gros yeux à mon père. Quand mon père avait  entonné le dernier couplet, il s'était agenouillé devant ma mère sous les applaudissements de la foule. C'en était trop pour ma mère. Elle avait quitté brusquement la terrasse, avait couru au gîte pour rassembler le gros de ses affaires et s'était rendue à la gare à toute vitesse.

« Voilà toute l'histoire », dit-elle en se levant. Je me levai avec elle pour lui bloquer le chemin. Elle me regarda, étonnée : « Je veux voir Alex et grand-maman. Il y a un problème? » Je lui dis qu'Alex dormait chez Raphaël et que grand-maman, euh, bien, elle… comment dire… elle en était à son sommeil profond et ce ne serait pas une bonne idée de la réveiller pour lui annoncer que sa fille était revenue plus tôt que prévu de la lune de miel parce qu'elle s'était disputée avec son mari.

Ma mère me demanda de la laisser passer, promettant de ne pas faire de bruit.

Que faire? Il fallait que j'avertisse ma grand-mère de se cacher le visage dans son drap ou son oreiller et de faire semblant de dormir. C'est dans ce but que je me ruai vers sa chambre, mais je trébuchai sur une des valises et je tombai de tout mon poids sur mon bras.

J'essayai de bouger mes doigts. Sans succès. Eh misère, et moi qui suis gauchère!

La compresse de glace ne m'apportait aucun soulagement : nous n'avions plus le choix, il fallait aller à l'urgence pour faire prendre une radiographie. Ma mère me demanda ce qui m'avait pris de courir comme une folle. N'avais-je pas remarqué que les valises encombraient le corridor?

Je laissai échapper une plainte de douleur. Ma mère n'insista pas.

À l'hôpital, la réceptionniste me demanda de remplir une fiche. Ma mère, déjà irritée, intervint avec impatience : « Comment voulez-vous qu'elle la remplisse? Vous voyez bien qu'elle ne peut pas utiliser sa main », dit-elle, en tapant sur le comptoir de la réception, exaspérée par l'échec de la seconde lune de miel, par la fatigue de son voyage de dernière minute et par la perspective d'attendre, qui sait combien de temps, dans une salle d'urgence. Coup de chance dans notre malchance, elle semblait pourtant assez peu achalandée. Ma mère, qui ne voyait plus clair, n'aspirait plus en fait qu'à une bonne douche.

Voyant la fébrilité de ma mère, la réceptionniste fit signe à un jeune homme en habit d'hôpital qui marchait dans le corridor. Il s'approcha avec un sourire professionnel pour prêter assistance. Croyant s'adresser à un préposé, ma mère répondit, sans le regarder : « Oui, je voudrais voir un médecin, je veux dire, j'ai besoin d'un médecin pour ma fille. » En effet, elle en avait peut-être besoin plus que moi; mais davantage d'un psychiatre que d'un médecin.

Je pouvais lire sur le badge du jeune homme qu'il s'agissait du docteur Adam, orthopédiste de surcroît, drôle de coïncidence. C'est la douleur qui m'empêcha d'éclater de rire. Ma mère, s'apercevant de son erreur, se confondit en excuses, bien consciente, malgré sa fatigue, de son comportement désagréable.

LE POUVOIR DE Jeanne

Ayant retrouvé un peu sa contenance, ma mère remplit ma fiche avec plus de calme. Après un léger temps d'attente, on me conduisit à la salle de radiographie. Une fois les résultats obtenus, le docteur Adam me reçut en consultation. Je ne veux rien savoir d'avoir un plâtre, l'informai-je, d'entrée de jeu. Il accrocha ma radiographie sur son panneau lumineux et, avec la pointe laser de son stylo, il m'expliqua le problème : « Tu vois cette petite tache-là? C'est seulement une fissure, l'os n'a pas cassé. Mais il faut quand même t'immobiliser le bras, Mademoiselle. Deux semaines avec un bras de statue. »

En général, les blagues de médecin ne sont pas drôles, du moins, pour leurs patients. Je demandai, m'accrochant à un mince espoir, s'il était possible de ne pas me plâtrer la main. Le docteur Adam fronça le nez, en disant que, malheureusement… Perdant toute retenue, j'inventai sur le vif une excuse pour conserver l'usage de ma main : « J'ai un important examen d'anglais! Comment vais-je faire? »

Ce n'était pas exactement un mensonge : nous avions un travail à remettre, que nous pouvions faire en équipe, je n'avais donc pas nécessairement à écrire. Le docteur Adam avait de toute façon une solution à mon problème : il pouvait me rédiger un billet pour me faire exempter de l'« examen ».

Ma mère assista à la momification. Au bout d'un moment, elle déclara que ce manche de plâtre me donnait un air d'ours polaire. Le docteur Adam sourit courtoisement; les blagues de mère ne sont pas très drôles non plus. Le plâtre terminé, il me félicita de mon intérêt pour les études. Après avoir rédigé le billet, il déposa son stylo sur la table

C'était ma chance!

Pendant que le médecin était occupé à donner à ma mère les dernières recommandations concernant ma blessure, j'en profitai pour vérifier l'habileté de ma main droite et analphabète. Je devais faire vite et manquais d'entraînement; la calligraphie était horrible. Je parvins tout de même à griffonner, au verso du billet du médecin, la phrase suivante :

> NINA REDEVIENT LA
> DAME DU TROISIÈME
> ÂGE QU'ELLE EST.

Je glissai le billet dans mon sac, en me croisant les doigts à me les décrocher.

Dans la voiture, ma mère se remit à fantasmer sur des images de bon bain chaud, de serviette duveteuse, d'un long sommeil jusqu'à tard dans l'après-midi, demain. En arrivant à la maison, elle dut remettre la réalisation de ce désir à plus tard; en ouvrant la porte de l'appartement, nous fûmes reçues par un ronflement familier. Mon père dormait sur le divan, la tête sur sa valise. « Je ne mérite pas ça », soupira ma mère.

Je la poussai vers la salle de bain, en lui suggérant d'aller prendre un bon bain relaxant. Elle répliqua qu'elle ne réussirait pas à relaxer le moindre de ses muscles en sachant que mon père était lui aussi de retour de voyage, sûrement pour exiger des explications sur cet abandon cruel en pleine lune de miel. Elle n'avait pas le courage d'affronter ça maintenant.

Mon père ne devait dormir que d'un œil, parce qu'il se leva soudainement du divan en disant qu'il n'était pas venu discuter de leur relation. Il avait décidé de retourner à l'hôtel, du moins provisoirement. S'il était d'abord passé à l'appartement, c'était pour saluer ses enfants. Il n'avait trouvé que sa belle-mère endormie, le visage dans l'oreiller. Pensant que sa femme était sortie avec les enfants, il avait décidé d'attendre un peu et avait fini par somnoler.

Il s'était peut-être ennuyé de ses enfants, mais il ne me remarqua même pas, plantée près de la porte.

Il réagit cependant tout de suite quand ma mère raconta qu'elle revenait de l'hôpital : « Qu'est-ce que ce gamin a encore fait comme bêtise? Ne me dis pas qu'il s'est encore fendu la tête! » Ma mère l'informa que son cher Alex dormait cette nuit chez Raphaël. Non, cette fois-ci, la « gamine », c'était moi.

En m'apercevant enfin, mon père devint aussi blanc que mon plâtre et me bombarda de questions. En apprenant que j'avais trébuché dans l'amas de valises, il secoua la tête en marmonnant que cela ne serait pas arrivé si ma mère n'avait pas déserté la lune de miel. Elle ne laissa évidemment pas passer ça : « Est-ce que, par hasard, tu insinues que Jeanne s'est brisé le bras par ma faute? »

Je profitai de l'ouverture des hostilités pour m'échapper vers la chambre de grand-maman Nina. Je tournai la poignée; elle était verrouillée. Je frappai en l'appelant doucement à plusieurs reprises jusqu'à ce qu'elle reconnaisse ma voix.

De constater que ma grand-mère était toujours prisonnière de son corps d'adolescente me mit au désespoir : en plus d'être pataude, ma main droite n'avait pas de pouvoir! De son côté, Nina sursauta en voyant mon bras dans le plâtre. Sachant très bien que j'étais gauchère, elle suggéra que j'utilise ma main droite pour lui redonner sa véritable apparence. Je lui montrai le verso de mon billet du médecin.

L'ultime espoir était l'ordinateur.

LE POUVOIR DE *Jeanne*

Je demandai à Nina de s'allonger de nouveau dans le lit, en cachant son visage sous le drap, mais elle était tellement anxieuse qu'elle insista pour me suivre à ma chambre. L'ordinateur prit une éternité à démarrer. Une fois rendue dans le logiciel de traitement de texte, je tapai de mon pouce gauche la même phrase qu'au verso de mon billet : *Nina redevient la dame du troisième âge qu'elle est.*

Ma grand-mère, assise au bord de mon lit, attendait la métamorphose les yeux fermés. Elle ne prenait pas une ride. Découragée, je me croisai les bras et je m'appuyai sur l'imprimante.

Mais oui, l'imprimante! Je me souvins soudain des commentaires de certains auteurs dinosaures qui levaient le nez sur Internet, convaincus que les mots exigeaient du papier et de l'encre pour prendre tout leur sens et qu'ils ne pouvaient véritablement exister sur l'écran d'un ordinateur. J'avais toujours pensé que ce genre de discours cachait mal une peur de la technologie, mais peut-être que ces auteurs avaient raison. J'imprimai la phrase que je venais de taper, puis, pensant que le problème était la formulation, j'en imprimai d'autres encore, dont voici quelques exemples : *Grand maman Nina retourne au troisième âge. Ses boutons d'adolescente se transforment en rides de vieille. En cinq minutes seulement, ma grand-mère vieillit de 50 ans. De 55 pour être plus exacte.*

Sans le moindre résultat. Je passai tout mon papier en frappant mon imprimante pour lui apprendre à travailler sous pression. Grand-maman Nina essaya de me calmer en me disant que je finirais par briser la machine et mon plâtre. Je n'avais que faire de ses conseils, je continuais à me défouler sur l'imprimante en disant que détruire des objets constituait un excellent moyen d'évacuer la colère, tant pis pour les dégâts! Absorbées à résoudre notre problème, nous n'avions pas remarqué que mon père avait finalement quitté l'appartement depuis un moment.

Après son départ, ma mère en avait profité pour prendre enfin une douche en toute tranquillité. Elle en était sortie depuis peu, quand elle entendit des éclats de voix venant de ma chambre. Elle entra sans frapper. Voyant que j'avais de la compagnie, elle demanda, intriguée, à être présentée à cette amie dont le visage lui disait tellement quelque chose…

J'aurais pu inventer un nouveau prénom, en prétendant que c'était une nouvelle voisine ou une nouvelle camarade de classe ou une itinérante que j'avais décidé d'abriter pour une nuit. J'étais épuisée; il était trop tard pour éviter d'être prise en flagrant délit.

Je m'assis sur le lit à côté de Nina et j'avouai tout : « Aussi absurde que cela puisse paraître, cette fille, c'est grand-maman. Elle a fait un voyage dans le temps pour revenir dans son corps d'adolescente. »

Le baiser : théorie et pratique

Il fallut à ma mère une bonne demi-heure pour digérer l'événement. Pendant qu'elle prenait un tranquillisant avec un grand jus d'orange, je tirai du fond d'une armoire de rangement l'album de famille. Les quelques photographies de ma grand-mère – à sa première communion, à la cérémonie de remise des diplômes du secondaire, au bal des débutantes – montraient une jeune fille identique à Nina, sauf les cheveux rouges et le perçage au sourcil, évidemment. Devant cette parfaite ressemblance, ma mère finit par se rendre à l'évidence, bien que n'aimant pas trop l'idée de se retrouver dans le rôle de doyenne de la famille.

Il fut encore plus difficile de lui faire admettre que grand-maman Nina était retombée en adolescence par le pouvoir de mon écriture. Son verre de jus tremblait dans sa main quand je lui avouai que mes mots s'échappaient du papier pour devenir vivants – à condition que je les écrive de ma main gauche. C'est pourquoi le plâtre qui l'immobilisait était si embêtant.

Toutes les enseignantes savent que les livres ont la capacité de changer le monde, mais ma mère précisa que ces changements ne survenaient pas comme ça, d'un coup, selon l'inspiration capricieuse d'une écrivaine qui manipulait les personnes comme de simples personnages. Je sentais bien du reproche dans son propos. Je n'avais aucune intention de manipuler personne, rectifiai-je aussitôt. C'est avec les meilleures intentions du monde que j'avais ressuscité un chien, tiré du lit ma grand-mère et tenté d'éviter le divorce de ma famille. Je pensais que ces merveilles m'attireraient des éloges, mais ma mère voulait savoir si j'étais aussi responsable du romantisme insupportable de mon père.

Quoi! Ne m'avait-elle pas implorée de sauver son mariage?

Le lendemain matin, j'allai chercher Alex chez Raphaël. Mon frère entra dans la maison en tendant les mains, pressé de recevoir son cadeau. Ma mère tenta de lui faire comprendre que mon père et elle n'étaient pour ainsi dire pas sortis de l'hôtel à cause des fortes pluies à Percé. Alex se mit à pleurnicher. Il fallut, pour le calmer, que ma mère appelle mon père pour le supplier de venir d'urgence parler, d'homme à homme, avec son fils. Et de ne surtout pas oublier, pour l'amour de Dieu, de lui acheter un cadeau.

Mon père arriva en un temps record, avec une canne à pêche dans l'intention d'amener son fils à une nouvelle poissonnerie qui, pour souligner son inauguration, offrait une activité « Pêchez-et-payez » dans un grand vivier installé à l'extérieur. Ah oui, et bien sûr, les bras chargés de cadeaux pour le bébé gâté d'Alex. Pour moi qui ne demande jamais rien, pas même une pauvre paire de boucles d'oreilles. On dira ensuite que les enfants aînés sont favorisés. Je ne fis semblant de rien, me consolant à la pensée d'être délivrée de mon frère pendant un jour entier.

Après leur départ, ma grand-mère sortit de la chambre. Elle offrit de préparer le dîner. Ma mère répondit que le samedi n'était pas une journée pour salir de la vaisselle. Elle nous proposa une sortie dans un buffet de pâtes, avec du bon vin et, pour finir, l'un ou l'autre de ces desserts pleins de métaphores calo-riques, du genre forêt noire ou gâteau au fromage. La simple lecture d'un tel menu faisait engraisser, mais ma mère était décidée à le savourer sans culpabilité. Aussi, elle me commanda de déjà penser à une phrase qui, une fois mon plâtre retiré, lui ferait retrouver sa taille de jeune fille.

Mon père ayant pris la voiture, nous nous ren-dîmes au centre commercial du quartier, celui-là même où l'homme des cavernes avait son studio de perçage. Justement, il se tenait à l'entrée de son kiosque, con-versant avec sa blonde assistante. En m'apercevant, il m'interpella : « Et puis, ta grand-mère s'est-elle fait percer finalement? »

Je fis signe à Nina. J'espérais l'entendre raconter à l'homme des cavernes son voyage dans le temps, pour voir l'air qu'il ferait. Grand-mère se contenta de lui lancer : « Enchantée! » et de poursuivre son chemin. Comme si elle n'avait jamais rencontré notre homme!

Cette soudaine attaque d'amnésie était peut-être causée par le stress. En moins de 24 heures, Nina s'était fait percer le sourcil, était retombée en adolescence et avait embrassé l'élève le plus couru de l'école. On serait perturbé à moins. Comment expliquer autrement son comportement au restaurant? Au lieu de se servir des pâtes, elle remplit son assiette de ketchup et de moutarde. Elle but cette sauce avec une paille. Ma mère était quelque peu perplexe, mais elle prit ça comme une fantaisie… d'adolescente.

Après le restaurant, nous allâmes au cinéma. Nous dûmes patienter une demi-heure en file pour assister à la version rematricée d'un ancien film sur Jeanne d'Arc. Depuis qu'on avait découvert le journal secret, l'héroïne était redevenue populaire. On reproduisait son image sur les pages couvertures des magazines. On la transformait en personnage de bandes dessinées, en poupée accompagnée d'une garde-robe complète. Elle inspirait des chansons et des téléséries. Hollywood, ne voulant pas laisser passer une telle manne, avait annoncé la sortie, avant la fin de l'année, d'une superproduction millionnaire portant le même titre que ma rédaction : *La véritable histoire de Jeanne d'Arc*. Ma mère était d'avis que mon nom devrait figurer au générique, comme coscénariste, mais je n'avais pas la tête à réclamer mes droits d'auteur.

LE POUVOIR DE jeanne

Je peux, sans mentir, regarder un film d'un seul œil. Je gardais l'autre fixé sur ma grand-mère qui laissa tomber son sac de maïs soufflé par terre et dormit du début à la fin. Il n'y a rien d'extraordinaire à s'endormir au cinéma, mais elle ne se réveilla qu'après avoir été assez fortement secouée. Elle se leva avec difficulté. Elle regarda les sièges vides autour, en demandant où nous nous trouvions et qui lui avait accroché ce bijou au sourcil.

Qui consulter? Un gériatre ou un médecin pour adolescents? Un psychiatre, peut-être? Dans le doute, nous ramenâmes grand-mère à la maison. Elle demeurait désorientée, ne sachant même plus de quel côté était sa chambre. Je dus la conduire. Peu de temps après, la sonnette se fit entendre. C'était mon père qui ramenait Alex : mon frère montrait fièrement un sac de plastique contenant une demi-douzaine de truites qui paraissaient souffrir d'anorexie. Il voulait que ma mère les fasse frire sur-le-champ. Malgré notre insistance, mon père refusa notre invitation à ce banquet. Avant de partir, il promit de revenir le lendemain pour amener ses enfants dîner au restaurant.

Le lendemain, c'était un dimanche. J'aurais voulu faire la grasse matinée… mais je fus réveillée par le téléphone. C'était Juliette : « Je t'ai appelée des millions de fois! Est-ce qu'il t'arrive d'écouter les messages de votre boîte vocale? » J'allais lui raconter mon samedi au centre commercial, mais elle m'interrompit rapidement pour me dire que ma cousine n'avait pas perdu son temps! Elle avait dansé toute la soirée avec Gus, qui n'avait eu d'yeux que pour elle. Dany crevait tellement de jalousie qu'elle était rentrée très tôt chez elle.

Se faire réveiller un dimanche matin pour subir du potinage! Quand j'eus l'occasion de placer un mot, je lui dis que la vie sentimentale de Louis-Auguste ne regardait que lui. Et pour ce qui est de ma grand-mère, je veux dire, de ma cousine, elle s'était retrouvée dans les bras d'un salaud sans vergogne à la suite d'un misérable quiproquo. Juliette, étonnée de ma mauvaise humeur, m'assura qu'elle ne cherchait pas à me blesser, elle voulait seulement me raconter comment s'était déroulée la fête. Je la remerciai de m'avoir appelée, avant de raccrocher en bâillant.

Grand-maman Nina avait dormi d'une traite. Elle préféra prendre son déjeuner au lit. Elle se sentait faible, se plaignait de douleurs aux articulations. Cependant, elle semblait avoir retrouvé la mémoire. Comme elle ne voulait pas être vue de son petit-fils, elle demeura toute la journée dans sa chambre. Elle en profita pour ranger les tiroirs de sa commode. Puis, elle feuilleta ses albums de photos. Ma mère finit par se rendre à mon avis : la crise d'amnésie de la veille avait dû être causée par le stress.

LE POUVOIR DE *jeanne*

❀

À l'heure convenue, mon père passa nous prendre pour le dîner du dimanche. En entrant dans l'auto, Alex se dépêcha de faire savoir qu'il ne voulait rien d'autre qu'un hamburger et, pour dessert, une coupe de crème glacée nappée de caramel, « question d'oublier le goût dégueulasse de la truite ». Une fois n'étant pas coutume, j'abondai dans le même sens. Mon père opposa que ces mets ne contenaient pas les nutriments essentiels à l'organisme, sans compter que les frites faisaient augmenter le taux de cholestérol et que la crème glacée provoquait des caries. De plus, notre mère n'approuverait pas ce genre de menu.

On n'avait qu'à ne pas lui dire. Alex et moi demandâmes le vote et nous battîmes mon père démocratiquement.

Il fallut attendre un moment avant d'avoir une table. En observant un peu autour, je constatai vite qu'il n'y avait pas beaucoup de femmes. J'en déduisis qu'une bonne part de ces hommes étaient séparés et qu'ils se conformaient de leur mieux au rituel du dîner dominical avec leurs enfants. Le cholestérol et les caries n'empêchèrent pas mon père de commander un hamburger à trois étages. Il faillit s'étrangler en mâchant sa première bouchée gourmande, quand Alex demanda, à brûle-pourpoint, tout naturellement, comme s'il commentait le changement de température ou les résultats sportifs : « Vous êtes-vous disputés, maman et toi, sur la Lune? »

Mon père pointa sa bouche pleine, gagnant ainsi quelques secondes pour préparer une réponse adéquate. Il expliqua qu'il aimait ma mère, mais que dernièrement, elle et lui s'entendaient moins bien. Il avait donc décidé, c'est-à-dire, que tous deux avaient décidé de faire une pause. Alex voulait savoir combien de temps allait durer cette pause. Mon père sourit, puis jeta un regard aux alentours dans l'espoir qu'un de ces pères du dimanche lui offre une phrase pour répondre à ce genre d'inquiétude, mais aucune perche ne lui fut tendue. Il admit qu'il ne savait pas, baissant la tête pour affronter la suite de l'interrogatoire. Heureusement, la réponse sembla satisfaire mon frère. Il changea brusquement de sujet pour négocier un deuxième dessert.

Pendant qu'Alex attendait son tour pour passer à la caisse, super fier de la mission que lui avait confiée mon père, soit régler l'addition comme un grand, mon père en profita pour m'offrir un petit paquet joliment emballé. Ce n'était pas nécessaire, prétendis-je, mais le collier me fit vraiment plaisir. J'avais reconnu l'étiquette de la boutique, mais je fis semblant de croire que c'était l'œuvre d'une artisane de Percé.

Plusieurs de mes camarades de classe adorent graffiter sur les cloisons des toilettes, les murs fraîchement peints et même sur les arbres qui entourent l'école. Mais rien n'est aussi irrésistible qu'un plâtre neuf et immaculé. À peine avais-je mis les pieds dans la classe que je fus immédiatement encerclée par les élèves. Je me sentais comme une actrice qui venait de recevoir un Oscar. Sauf que les *fans* ne désiraient pas mon autographe, chacun voulait plutôt me donner le sien.

J'eus de la difficulté à me rendre à ma place. Après beaucoup de bousculades, une file finit par s'organiser, s'allongeant jusque dans le corridor. On se poussait dans le dos, se disputait et se volait les places dans la file. On luttait pour le moindre recoin de mon plâtre à coups de stylos et marqueurs. La file n'avançait que très lentement. C'est qu'en plus de leurs signatures, plusieurs tenaient à ajouter un dessin, un poème, une blague, une charade ou un proverbe. Tous, sans exception, me posaient la même question : « Comment t'es-tu cassé le bras? » J'aurais dû m'accrocher une pancarte dans le cou – J'AI TRÉBUCHÉ SUR UNE VALISE.

La dernière de la file était Danyelle. Ne trouvant pas de place où écrire son message, elle le transmit oralement : « Es-tu sûre d'avoir trébuché sur une valise? Ou ne te serais-tu pas plutôt battue avec ta cousine en apprenant qu'elle avait *fait un bout* avec Gus? »

Je me retins à deux mains pour ne pas utiliser mon plâtre comme un gant de boxe. Je perdis encore quelques secondes à accuser le coup, avant de lui rétorquer que ma cousine pouvait *faire un bout* avec qui bon lui semble. Ce n'est pas ça qui me ferait quitter une fête plus tôt que prévu pour aller pleurer dans mon oreiller. Avant que Danyelle ne puisse réagir, madame Leclerc entra dans la classe. Elle tenait elle aussi à honorer mon plâtre de son autographe.

Louis-Auguste n'avait pas osé s'aventurer près de moi, mais il gagna deux ou trois compliments machos pour voir été l'objet de l'altercation.

Pierre, ex-Junior, ne vint pas me voir non plus. Je m'inquiétai de le voir si triste. Il passa tout le cours à mordiller son crayon, le menton appuyé sur la main et le regard dans le vide. À la pause, j'allai le voir. Je lui demandai si son père était revenu. Pas encore, mais s'il revient, les choses se passeront autrement. Que voulait-il dire? Il ne me répondit pas. Je le suppliai de calmer ses esprits. Ça ne valait pas la peine de gâcher sa vie à cause d'un... à cause de qui que ce soit, enfin!

Pour lui changer les idées, je lui tendis mon plâtre en lui demandant son autographe. Le plâtre était maintenant bleu marine, mais en cherchant bien, il devait bien rester quelques recoins inexplorés. Il refusa, avec un sourire gêné, en prétextant que son écriture était affreuse. J'insistai en lui mettant un stylo dans la main. Contrairement aux autres camarades, il ne m'écrivit pas de message; seulement son nouveau prénom en lettres détachées.

❀

Ne pouvant écrire de la main gauche, il me fallait photocopier les notes de cours. Après l'école, j'allai chez Juliette pour prendre certains de ses cahiers de notes. Elle vint avec moi dans un centre de photocopie du quartier, aux prix imbattables. En chemin, elle me confia qu'elle avait l'œil sur Mikaël, le représentant de notre classe. Mon amie semblait rêver de devenir la première dame!

Accoudée au comptoir, près de la machine, je me sentis hypnotisée par la lueur qui balayait le papier à intervalles réguliers. Au bout d'un moment, les yeux commencèrent à me brûler et je me tournai vers la rue. Je remarquai alors, arrêtée aux feux, la voiture du père de Juliette. Je ne reconnus pas la blonde à ses côtés, mais j'étais certaine qu'elle était plus jeune que la Julie – bien plus jeune! La jeune femme retira ses lunettes de soleil pour donner au beau salaud un baiser mouillé à le noyer.

Si j'avais eu un peu de pouvoir dans la main droite, il m'aurait suffi d'écrire pour faire passer le feu du rouge au vert et ainsi faire disparaître la voiture. Avec ma main gauche immobilisée, je ne pouvais rien faire. Comment éviter à Juliette la scène désagréable de la découverte que son père était un menteur-à-femmes-à-double-personnalité-obsédé-par-les-fausses-blondes?

J'essayai d'attirer son attention, en feuilletant un

des cahiers pour m'informer des sections qui feraient partie de l'examen. Trop tard. Elle avait déjà remarqué la voiture de son père qu'elle pointait du doigt : « Vois-tu le type, là, qui embrasse la blonde? »

Je m'attendais à la voir lâcher un cri, laisser tomber son sac pour courir jusque dans la rue et se mettre à frapper le capot à coups de poing. Pas du tout. Au lieu de s'offusquer, elle éclata de rire : « J'ai cru que c'était mon père, il lui ressemble tellement, c'est fou! Une voiture de la même couleur, en plus, quelle coïncidence! »

Je n'en revenais pas de l'aveuglement de Juliette, mais j'étouffai ma révolte féministe. Si elle désirait vivre de cette façon, dans un monde de contes de fées, je n'avais pas le droit de transformer son père en crapaud. Ce genre de coïncidences survient tout le temps, répondis-je, avant de remettre de la monnaie dans le photocopieur.

※

Nina passa la semaine dans sa chambre, cachée sous ses couvertures pour ne pas être vue de mon frère. Elle ne voulait pas qu'il soit perturbé en découvrant sa grand-maman transformée en adolescente. Ce n'était qu'une excuse, dans le fond, pour ne pas se lever du lit. Même quand mon frère n'était pas à la maison, elle semblait n'avoir envie de rien. Aller à la salle de bain était devenu un marathon accompli avec difficulté, en utilisant les murs et les meubles comme béquilles. Elle se plaignait de manquer d'air, de douleurs à la tête et de vertiges. Elle n'engageait jamais la conversation ni ne l'entretenait : « Veux-tu regarder la télévision », « Pourquoi pas… », « Un peu de thé avec une tartine? », « Je n'ai pas faim… », « Rideaux ouverts ou fermés », « C'est pareil… »

Ma mère n'en pouvait plus de voir Nina péricliter ainsi. Il fallait aller voir le médecin. J'étais contre. Après le rendez-vous, il faudrait sûrement lui faire subir une batterie de tests et quoi d'autre encore. J'avais une solution plus simple et commode : dans une semaine, une fois mon plâtre enlevé, j'écrirais une phrase pour brasser un peu ma grand-mère et la transformer en triathlonienne.

Je réussis à convaincre ma mère de donner des analgésiques à Nina. À propos, le flacon était presque vide.

Dans des conditions normales de température et de pression, comme dirait monsieur Ozone, il ne me faut pas plus de cinq minutes pour me rendre à la pharmacie la plus proche. Cependant, en voyant Gus sur le trottoir, j'eus l'impression d'avoir soudainement tout le corps dans le plâtre. Je manquais d'air, j'avais mal à la tête et des vertiges. En plus de plagier les symptômes de Nina, je fis semblant d'être devenue myope. Je me dépêchai de traverser la rue.

Quelqu'un me tapa bientôt sur l'épaule. Je me retournai comme une tigresse : « Serait-ce trop demander de me ficher la paix? » Gus recula d'un pas en levant les mains, comme pour me signifier qu'il n'était pas armé.

Il voulait qu'on s'explique. Je continuai mon chemin d'un pas encore plus rapide, mais il avait de bonnes jambes et me suivit sans difficulté jusqu'à la pharmacie.

Pendant que je discutais avec le pharmacien, Gus prit un stylo sur le comptoir pour écrire sur mon plâtre. Le message était court – J'ai fait une bêtise. Mille excuses – mais ça ne m'émut pas. Je fis une grimace de mépris, puis je me dirigeai vers la caisse. J'entrepris ensuite de retourner chez moi. Je ne sais pas pourquoi je sifflotais.

Gus me suivait toujours. Il prétendait qu'il regrettait, que j'étais la plus belle fille de la classe, qu'il se sacrifierait sur le bûcher si j'étais la véritable Jeanne d'Arc. Devant l'entrée de mon immeuble, il joua sa dernière carte. Il avait *fait un bout* avec Nina, le soir de la fête, parce qu'elle me ressemblait tellement.

Je n'irai pas jusqu'à dire que ses compliments ne m'avaient pas touchée. Mon *ego* s'était passablement déplié et détendu sous l'effet de ce massage; mais l'excuse qu'il venait d'inventer pour avoir entrepris de séduire ma grand-mère… c'était transformer une trahison en déclaration d'amour! Trop orgueilleuse pour me laisser avoir par une pareille ruse, je montai le petit escalier qui menait à la porte de l'immeuble. Gus m'attrapa par la main pour me tirer lentement vers lui, autant avec les bras qu'avec les yeux, surtout avec les yeux. Nous étions maintenant tout près l'un de l'autre. Il n'y avait plus moyen de m'échapper.

LE POUVOIR DE *Jeanne*

Bon, j'exagère. Je pouvais toujours lui tourner le dos et filer jusque chez moi, mais je ne suis pas faite en bois! D'un côté, Gus m'avait blessée et je ne voulais rien savoir d'être en amour avec un gars qui pouvait m'échanger contre n'importe quelle autre fille, y compris ma grand-mère, à la moindre occasion. D'un autre côté, je mourais d'envie de vérifier s'il embrassait aussi bien qu'on le racontait à l'école. C'était ma seule et dernière chance de vérifier la théorie par la pratique, comme dirait si bien monsieur Ozone.

Malheureusement, l'expérience ne fut pas concluante. Heureusement, en fait. Gus savait embrasser avec compétence, sans écraser les lèvres ni arracher les dents; il avait même la délicatesse d'éviter la main baladeuse. Il manquait quelque chose pourtant… comment dire? C'était comme sortir du cinéma après avoir vu un film qui, malgré la qualité de l'histoire, le jeu des acteurs, l'enchaînement des scènes qui mêlaient suspense et humour, nous laisse complètement indifférent. C'est plus ou moins ce que je ressentais en ouvrant les yeux : aucune émotion.

Après s'être passé la main dans les cheveux, Gus me sourit et me demanda de sortir avec lui. Je répondis sans aucune hésitation : « Jamais. » J'entrai chez moi, l'âme en paix.

Je pris deux comprimés d'analgésique, versai un verre d'eau et portai le tout à grand-maman. Pendant qu'elle prenait le médicament, je lui montrai la demande de pardon sur le plâtre et j'essayai de lui décrire la fade sensation procurée par un baiser parfait, mais technique.

Nina m'écouta en silence, les yeux fixés sur mon plâtre, avant de déclarer que j'avais embrassé la mauvaise personne. Je m'attendais à une nouvelle leçon de graphologie, mais elle affirma que l'évidence se passait d'explications. N'importe qui pouvait se rendre compte, en portant attention à l'écriture de Gus, qu'il n'était pas l'auteur des billets anonymes. ⚡

Un dernier souhait

Vivement que je retrouve l'usage de ma main gauche, afin de régler, à l'aide de ma super littérature d'épanouissement personnel, quelques problèmes urgents. Par exemple, découvrir l'identité de mon admirateur secret; devenir menstruée pour enfin éprouver les symptômes du SPM; régler le cas du mariage de mes parents; expédier l'ex-mari de Solange à l'autre bout du monde et, finalement, délivrer ma grand-mère de l'adolescence; la faire sortir du lit surtout. Le personnage de Nina retrouvera l'apparence d'une vieille dame en santé et active, semblable à celles que nous apercevons les dimanches matins, habillées d'un survêtement et d'une visière pour faire une marche rapide autour du parc ou pour porter des pancartes pendant les manifestations.

Je parlai de cette rédaction à Nina, mais elle n'y porta pas un grand intérêt. Elle me demanda pour la troisième ou la quatrième fois comment je m'étais cassé le bras. Ces pertes de mémoire étaient de plus en plus fréquentes. C'est comme si ma grand-mère vieillissait de l'intérieur. « Tu te rappelles, j'ai trébuché sur une valise, le soir où maman est revenue de Percé? »

Non, elle ne se souvenait de rien. Ni de la seconde lune de miel de mes parents, ni de la fête chez Juliette, ni du baiser de Gus, ni de la signification du mot « perçage ». Ce qui lui restait de mémoire surgissait d'un lointain passé nébuleux, mêlait les souvenirs des cousines et des camarades de l'internat à des apparitions de religieuses ou de poupées de chiffon qui méritaient des fessées pour être si mal élevées…

J'entendis ma mère rentrer à la maison et ordonner à Alex de retirer ses espadrilles pleines de terre et de se rendre tout de suite à la salle de bain. Mon frère, comme d'habitude, n'obéit pas. Frappant du pied dans son sac déglingué, il envahit la chambre de Nina, avant que je ferme la porte. Il exigea sur-le-champ une explication : qu'est-ce que cette fille aux cheveux rouges faisait dans le lit de grand-maman?

Je baissai la tête, ne sachant que répondre. Ma mère se précipita dans la chambre en disant à Alex qu'il n'avait rien à faire dans cette chambre, surtout avec ces chaussures immondes, et qu'il devait filer immédiatement à la douche.

Mon frère, insensible aux gros yeux de ma mère, demanda si grand-maman Nina était morte. Elle répondit elle-même : « Non, mon garçon. Pas encore. »

Il semblait qu'en retrouvant un bout de sa mémoire, elle avait perdu son jugement. Au lieu de se

233

cacher le visage, comme elle le faisait depuis plusieurs jours pour ne pas effrayer son petit-fils, elle repoussa ses couvertures et ouvrit les bras. Alex comprit l'invitation. Il s'approcha, encore méfiant. Il s'assit au bord du lit. Puis, il toucha du doigt le perçage accroché au sourcil. Il demanda si ça faisait mal. Grand-mère l'assura que non; un peu de démangeaisons. Parfois, ça devenait un véritable fourmillement, une sorte de chatouille à rendre fou. Les deux éclatèrent de rire, puis se regardèrent dans les yeux, en silence, jusqu'à ce qu'elle trouve le courage de lui avouer sa véritable identité. Elle avait été transformée en adolescente par une… faute de mieux, elle utilisa le mot « sorcière ». Elle s'était retrouvée dans ce corps à cause des formules magiques de cette drôle de sorcière, mais à la fin de la semaine, tout devrait rentrer dans l'ordre. Elle redeviendrait la bonne vieille grand-maman Nina de toujours.

Ma mère, inquiète de la réaction d'Alex, tenta de s'interposer, mais mon frère, habitué à la réalité virtuelle des jeux électroniques, semblait accepter la métamorphose de grand-mère comme un phénomène relativement courant, presque banal dans le quotidien des héros, qui pouvait parfaitement se produire de ce côté-ci de l'écran.

Enfin, Nina prévint Alex que cette histoire devait rester entre eux, enfin, entre nous quatre, parce que ce n'est pas tout le monde qui croyait aux sorcières. Alex jura, avec un sourire complice, qu'il garderait le secret, puis alla prendre sa douche.

Une fois Alex sorti de sa chambre, grand-maman Nina se tourna vers le mur et commença à gratter la peinture du mur avec ses ongles. Curieuse, je lui demandai si un dessin se cachait derrière ce griffonnage.

La question l'étonna; non, elle ne savait pas dessiner. Elle grattait, c'est tout.

❀

Enfin, le jour J arriva : on allait me libérer de mon plâtre, cet instrument de torture qui avait suspendu le pouvoir de mon écriture, en plus de me faire subir démangeaisons et moiteur nauséabonde pendant deux interminables semaines.

Ma mère s'était offerte pour m'accompagner, mais je pouvais très bien me débrouiller seule. Je me rendis donc à l'hôpital après l'école. La réceptionniste me demanda d'attendre le retour du docteur Adam. Il était sorti pour une urgence. Urgence, mon œil! Au bout d'une quinzaine de minutes, il arriva tranquillement, un cure-dent à la bouche. En apercevant les graffitis de mon plâtre, il me taquina en me disant que mon fan-club était impressionnant. Il me conduisit à une salle d'infirmerie.

Toutes les infirmières semblaient être occupées ailleurs. Le docteur Adam se résolut à retirer lui-même mon plâtre à l'aide d'une espèce de petite scie électrique au son strident. Je craignis un instant qu'il m'ampute le bras. On me passa ensuite une nouvelle radiographie.

LE POUVOIR DE *Jeanne*

Le docteur Adam l'examina avec l'orgueil de l'artiste qui vient de réaliser un chef-d'œuvre. Toutes ces taches étaient pour moi du grec, mais je dis, à la blague, que ça me plaisait beaucoup et que je me sentais comme un *top model*.

En parlant de la Grèce, devinez sur qui je suis tombée en sortant de l'hôpital?

Monsieur Paul, Apollon lui-même. Il venait certainement de la bibliothèque de l'école, parce qu'il portait une pile de livres qui commençait à son nombril pour se rendre à son menton. Lorsque je le saluai en agitant la main gauche pour lui annoncer ma libération, il fit de même par réflexe et sa pile s'écroula sur le trottoir.

Parfois, Apollon agit comme un dieu vindicatif et implacable, expulsant de la classe les malins qui ne cessent de chuchoter pendant les cours. Cet après-midi-là, il était de bonne humeur. Après avoir ri de sa maladresse, il admit qu'il aurait mieux fait d'apporter un petit chariot. Il me demanda de l'aider à ramasser ses livres. Nous restâmes un moment agenouillés, l'un près de l'autre, ce qui me permit de respirer un délicieux parfum de lotion après-rasage. Ou était-ce son haleine divine? Le parfum m'avait un peu monté à la tête sans doute, car je n'arrivais pas à lire les titres des livres. La plupart portaient sur Jeanne d'Arc, de vieilles biographies qui ne correspondaient plus à la vérité historique. Elles étaient devenues, par conséquent, des œuvres de fiction.

Apollon s'obstinait à vouloir les porter tout seul. J'ignorai son conseil d'épargner mon bras gauche. Je pris une partie des livres et je l'accompagnai. Je commençai bientôt à haleter. C'est qu'en plus des briques d'histoire, j'avais ce jour-là dans mon sac à dos, ma *Grammaire normative de la langue française*, mon dictionnaire et mon atlas géographique. Ma colonne vertébrale, sur le point de s'effondrer, criait au secours. Malgré tout, je me sentais le cœur léger, en verve de conversation. Dans la salle de classe, Apollon devait suivre son plan de cours, mais là, dans la rue, nous discutions à notre aise, comme de vieux copains qui, ne s'étant pas vus depuis longtemps, se donnent les dernières nouvelles. Nous ne manquions pas de sujets : écologie, clonage, terrorisme, drogue, silicone et cinéma. Libérée du stress d'être évaluée sur la qualité de mes réponses, je m'exprimais librement, sans craindre de dire une bêtise.

Deux coins de rue plus loin, j'avais oublié le poids des livres. De temps en temps, je jetais un regard aux alentours. J'espérais qu'une de mes camarades de classe m'aperçoive en compagnie de ce dieu – c'était la première fois de ma vie que j'avais envie de croiser Danyelle! si elle me voyait avec lui, elle se mettrait à s'arracher les cheveux, victime d'une attaque fulgurante de jalousie. Malheureusement, les rues étaient tranquilles. Les trottoirs presque déserts. Pourtant, un type qui venait en courant derrière moi m'accrocha l'épaule, renversant presque ma pile de livres. Apollon se porta à ma défense : « Hé! Fais attention à ce que tu fais! »

237

LE POUVOIR DE Jeanne

Le type ne se retourna même pas. Au lieu de s'excuser, il nous fit un doigt d'honneur et accéléra sa course.

Le mélange de colère, d'embarras et d'impuissance fit rougir ses joues apolliniennes. Faisant semblant d'avoir déjà oublié ce geste insolent, il m'informa qu'il ne demeurait pas très loin; de l'autre côté de la place. C'est à ce moment-là que j'allumai : il était presque voisin de Pierre! Après lui avoir expliqué qui était Pierre, Apollon confirma de la tête. Il ajouta que pour se rendre à l'école, il passait tous les jours devant la maison et le salon de beauté de « Madame Solange ».

❀

La maison de Solange était située presque au coin de la rue. Bizarrement, des gens étaient attroupés autour; des hommes qui s'étiraient le cou pour mieux voir, beaucoup de femmes aussi. Des clientes? Peu probable; c'était l'après-midi de relâche de Solange et de ses employées. En m'approchant, je remarquai que les femmes étaient en sandales de plage, d'autres avaient encore leur tablier autour des hanches. C'était sûrement des voisines qui étaient sorties de chez elles en courant pour assister à quelque esclandre.

Il ne fut pas facile de me frayer un chemin dans la foule, surtout les bras pleins de livres. Je réussis tout de même à me rendre jusqu'à la porte de la clôture. Mon mauvais pressentiment se confirma. Pierre était sur le balcon, retenant Freddy par son collier, mais menaçant de le lâcher si son père essayait d'entrer dans la maison. Je reconnus le type grossier qui m'avait poussée dans le dos sur le trottoir!

Tenant son fils par l'épaule, Solange lança un ultimatum : un pas de plus et elle appelait la police. Sa voix était tremblante et la menace n'eut pas grand effet. L'homme continua à avancer, écrasant les fleurs, renversant d'un coup de pied le support en céramique de l'arrosoir et disant qu'il n'avait peur ni de la police ni du chien. La maison était aussi à lui et personne ne l'empêcherait d'entrer.

À ce moment, on entendit un fracas qui détourna l'attention de tous. Apollon venait de jeter ses livres sur les chaises de jardin en métal, les renversant. Il s'interposa entre le fier-à-bras et les trois malheureux, ordonnant au type de quitter les lieux.

Un silence complet était tombé sur la scène. Même Freddy avait cessé d'aboyer. Le père de Pierre paraissait intimidé, mais ne perdait pas son arrogance : « Qui es-tu pour me donner des ordres? »

Il fallait une réponse ferme et convaincante, quelque chose qui fasse comprendre à l'ex-mari de Solange qu'il n'avait plus rien à faire dans sa vie. Voyant la mère et le fils acculés au mur du balcon, Apollon trouva l'audace de déclarer devant tout le quartier : « Madame, je veux dire, Solange et moi… nous sortons ensemble. Alors, je ne veux plus te voir dans les parages, c'est clair? Plus jamais! »

Pour réussir le coup, il fallait la complicité de Solange. Faisant de son mieux pour garder son naturel, elle descendit l'escalier du balcon pour rejoindre Apollon, lui prenant le bras. L'ex-mari perdit alors contenance et quitta les lieux.

Pendant que la foule se dispersait, je me demandai, en voyant Freddy seul sur le balcon, où était passé Pierre.

Il était là, au coin de la rue, debout face à son père. La possibilité d'une nouvelle bagarre me fit paniquer. Je me calmai un peu en me rendant compte que la discussion était civilisée. Je voyais bien que ni l'un ni l'autre n'élevait la voix ou ne faisait de gestes menaçants. Le père écoutait la tête basse. Il n'ouvrit presque pas la bouche. Pour dire quoi? Après avoir vidé son sac, Pierre le salua d'un geste sec et se dirigea vers moi.

J'eus envie d'écrire une phrase pour forcer une accolade, mais je n'avais pas le droit de m'en mêler. Pierre avait besoin d'espace et de temps, avant de peut-être un jour pardonner à cet étranger; de le considérer à nouveau comme son père. Qui sait, peut-être un jour sera-t-il fier de s'appeler Junior?

J'y allais peut-être un peu fort sur l'optimisme, mais je vis du soulagement dans les yeux de Pierre quand il s'agenouilla à mes côtés pour ramasser les livres que j'avais fini par laisser tomber sur le trottoir devant la clôture. Solange aussi semblait en paix, remerciant Apollon pour tout. Il s'empressa de s'excuser pour cette histoire inventée de romance – c'est tout ce qu'il avait trouvé pour convaincre l'intrus de la laisser tranquille.

Soudain, ils se rendirent compte qu'ils se tenaient toujours par le bras. Ils se séparèrent avec des sourires gênés. Solange proposa à Apollon, s'il aimait le poulet aux olives, de souper avec eux. Apollon ne pouvait refuser une telle invitation : c'était son mets préféré.

Il semblait bien que le fiancé abandonné au pied de l'autel avait surmonté son traumatisme…

On m'invita aussi à souper. J'étais morte de faim, mais j'étais pressée de retourner à la maison afin d'exercer mon art littéraire. Je déclinai donc l'invitation. Après avoir embrassé Solange, je fis une gaffe en saluant monsieur Paul; étourdie par tant de péripéties, je l'appelai monsieur Apollon. Il ne sembla pas avoir entendu; ou bien, il décida de ne faire semblant de rien.

J'étais déjà sortie quand je remarquai le sac de Pierre encore sur le balcon. Je me souvins que j'avais besoin des notes d'aujourd'hui, particulièrement celles du cours de mathématiques. En effet, pour un pauvre avion de papier qui avait atterri sur son bureau, le professeur avait décrété, en tapant dans le tableau, un test pour la semaine prochaine. Je demandai à Pierre de me prêter ses cahiers, je les lui rapporterais après le souper. Il sourit gauchement en me servant de nouveau comme excuse que son écriture était un ramassis de hiéroglyphes indéchiffrables, tant pour les autres que pour lui-même.

J'avais peut-être tort d'insister; bien des gens ont vraiment honte de leur écriture. Quelque chose me disait que ce n'était pas le cas de Pierre. Je rétorquai que j'étais fascinée par la civilisation égyptienne et que je prendrais plaisir à tenter de déchiffrer ses hiéroglyphes. Pierre se gratta la tête, puis proposa de transcrire ses notes sur l'ordi et de me les envoyer ensuite par courriel.

Sa résistance me rendit encore plus curieuse, attisant mon imagination. Dessinait-il des femmes nues pendant les cours? Griffonnait-il des blagues dégueulasses? Le nom des filles les plus jolies de la classe? Avec une note pour chacune? Curieuse de connaître ma position dans ce palmarès, je le relançai en lui disant qu'il n'avait pas à se taper ce travail.

Pierre essaya encore de se défiler, alléguant que ses exercices de mathématiques étaient incomplets, qu'il avait négligé de noter le corrigé.

J'arrêtai de discuter. Je tendis le bras. Un sourire en coin, il alla chercher ses cahiers pour me les remettre.

❀

La vie dans un immeuble d'habitation exige certains ajustements pour des choses très simples de la vie, par exemple, porter ses provisions jusqu'à son appartement. Les gens de notre immeuble bloquaient l'ascenseur au rez-de-chaussée pour le remplir de leurs sacs. Puis, rendus à leur étage, ils le bloquaient de nouveau pour porter leurs sacs jusqu'à leur appartement. Ce qui mettait la patience de tout le monde à rude épreuve. Le comité des propriétaires s'était donc réuni pour finalement proposer l'achat d'un chariot de supermarché. Tous approuvèrent l'idée. Au bout d'un moment, le chariot créa un problème différent. Après avoir déchargé leurs paquets, beaucoup de voisins remettaient le chariot dans l'ascenseur, appuyaient sur le bouton du rez-de-chaussée, comptant sur le fait qu'un voisin en aurait bientôt besoin, au lieu de redescendre avec le chariot pour le ranger à sa place, comme il avait été convenu. Par conséquent, le chariot restait la plupart du temps dans l'ascenseur, montant et descendant au hasard des allées et venues des habitants de l'immeuble, provoquant à l'occasion des accidents.

C'est exactement ce qui m'arriva ce jour-là. Pressée de rentrer à la maison, je me ruai dans l'ascenseur. Si j'avais porté mon sac sur mon ventre, il aurait pu me servir de sac gonflable, mais comme je ne suis pas du type kangourou, je fonçai en plein dans le chariot.

C'est mon estomac qui reçut le gros du choc. Je n'avais jamais expérimenté ce mélange explosif de faim et de douleur. Je sortis de l'ascenseur, pliée en deux, soufflant la vapeur par le nez et les oreilles. Je me rendis jusqu'à l'appartement du concierge pour connaître l'identité de l'irresponsable, inconséquent et égoïste qui avait laissé le chariot dans l'ascenseur. Le concierge, absorbé par une émission sportive diffusée

243

à la radio, me répondit distraitement que, sans jurer de rien, il lui semblait avoir vu le docteur Nelson s'en servir pour transporter de nombreux paquets.

Il n'y avait pas d'autre Nelson dans cet immeuble que mon père. Or, mon père, comme bien des hommes, se sentait mal juste à l'idée d'entrer dans un supermarché. De plus, il n'habitait plus ici depuis un bon moment.

Après avoir retrouvé mon souffle, je rangeai le chariot à sa place.

L'ascenseur était parfois d'une propreté douteuse et empestait la poussière ou même les odeurs de bouffe qu'on y transportait. Cette fois-ci, il y régnait un parfum de fleurs fraîches. Le concierge avait dû changer de produit nettoyant.

Étrangement, une fois sur mon étage, l'odeur de fleurs était encore plus forte. Elle augmentait à mesure que je m'approchais de notre appartement, pour parvenir à son paroxysme quand j'y entrai. Je crus m'être trompée d'adresse et être entrée chez un fleuriste. Il y avait des roses de toutes les couleurs – blanches, jaunes, rouges, roses, saumon, perle, champagne – disposées sur la table, le divan, les fauteuils, le téléphone, le système de son, entre les livres de la bibliothèque, accrochées sur le lustre, enfin, il y en avait partout! Il était impossible que tant de fleurs tiennent dans le chariot, mon père avait dû faire de nombreux voyages.

La rose qui attira le plus mon attention était de couleur sombre, presque noire. Il était difficile de dire si elle était naturelle ou artificielle. Cette rose était tenue par la main de mon père, à genoux au beau milieu du salon, implorant ma mère de renouer pour vivre ensemble et heureux comme Adam et Ève au paradïs. Il proposait même une troisième lune de miel!

Lorsqu'il s'aperçut de ma présence, il ouvrit les bras comme pour m'appeler à l'aide. Il avait tout tenté pour reconquérir ma mère : Gaspé, la sérénade, les fleurs… Que faire de plus pour lui prouver son amour?

Ma mère me tira jusqu'à sa chambre. Elle déclara qu'elle était allergique aux roses et aux hommes suppliants; le romantisme de mon père était une véritable maladie. J'étais la seule, avec mes dons littéraires, à pouvoir l'en guérir et lui éviter l'asile psychiatrique.

Avant de voir ma mère faire avaler à mon pauvre père les roses, une par une, épines incluses, je sortis de mon sac un de mes cahiers pour y écrire :

> *Mon père redevient le mari*
> *qu'il a toujours été; fini ce*
> *romantisme excessif.*

De retour au salon, ma mère fut agréablement surprise de l'effet rapide du texte. Mon père s'était relevé et avait déposé la rose noire. Regardant le salon, il admit avoir exagéré. Il s'excusa d'avoir transformé l'appartement en serre. Il était complètement ébranlé. Il avait encore besoin d'un peu de temps, seul à l'hôtel, pour remettre de l'ordre dans ses idées. Il demandait une seule chose : voir ses enfants à volonté.

Aucun des deux ne parla de réconciliation, mais ils ne soulevèrent pas non plus la possibilité d'une rupture complète et officielle. Ils conclurent l'accord avec des sourires contrits. Ils restèrent un moment, face à face, sans rien dire. Soudain, mon père regarda sa montre, puis annonça qu'il devait retourner à la clinique. Mais avant, il souhaitait saluer grand-maman Nina. Il voulait par la même occasion savoir de quoi il retournait de cette histoire de visage adolescent et de perçage au sourcil, comme le lui avait raconté Alex.

On dira ensuite que les femmes ne savent pas tenir leur langue!

Ma mère le pria de se méfier des fantaisies de son fils. Alex devait confondre la réalité avec quelque film de monstres sidéraux. J'objectai aussi que grand-maman Nina n'avait sûrement pas terminé sa sieste. Rien à faire. Mon père voulait saluer sa belle-maman. Prenant bien soin de ne pas écraser les roses répandues dans tout le salon, il se dirigea lentement vers la chambre de Nina. Grâce à ces obstacles parfumés, j'eus le temps de fouiller en douce dans mon sac, de prendre un cahier et de faire ce que j'aurais dû faire en sortant de l'hôpital. J'écrivis :

> *À partir d'aujourd'hui, ma grand-mère retrouve l'aspect correspondant à son âge, sans cheveux rouges ni perçage.*

En entrant dans la chambre de grand-maman Nina, mon père retrouva une vieille dame aux cheveux blancs. Ma mère, soulagée, rappela qu'à son avis, Alex regardait trop la télévision. Il faudrait réduire sa consommation de dessins animés.

Après le départ de mon père, j'offris à ma mère de mettre ma littérature à son service. Il me suffirait d'une phrase, ou d'un petit conte, pour recréer l'harmonie entre mon père et elle. Je promis de faire de mon père un personnage mieux équilibré, quelque chose entre cet homme négligent, qui passait sa fin de semaine devant le téléviseur à regarder le hockey, le football et le soccer, oublieux de l'anniversaire de mariage, et ce romantique visqueux, qui avait épuisé le stock de roses de la ville.

Ma mère me remercia pour ma bonne volonté. De plus, elle reconnaissait que j'étais en droit de vouloir garder ma famille unie. Cela dit, le mari parfait, qui réveille sa femme en lui apportant une tasse de café au lit, qui ne laisse jamais traîner sa serviette de bain

247

par terre, qui ne se plaint jamais de la cuisson du rôti, n'existe qu'au cinéma. S'il s'échappait de l'écran, ce prince charmant nous semblerait bien vite un robot prévisible ou un hypocrite qui accomplit mécaniquement ses gentillesses, bref, un être d'un ennui mortel!

Ce qu'elle essayait de me faire comprendre, c'est qu'on ne pouvait vivre aux côtés d'un personnage. Elle avoua aimer encore mon père. Elle espérait que tout redevienne comme avant… mais justement, avant quand? Elle avait tenté de déterminer à quel moment son mariage avait commencé à s'effriter. Sans succès. Elle n'avait trouvé ni les circonstances ni les causes de cette usure. C'est pourquoi elle préférait oublier le passé et mettre tous ses espoirs dans l'avenir, ou plutôt dans le présent. Reviendront-ils ensemble? Peut-être. Elle ne pouvait être sûre de rien. Ce dont elle était persuadée, c'est que cela devait arriver naturellement, sans l'aide, même bien intentionnée, de la littérature. Sinon, où était le charme?

Nous restâmes un moment en silence, à fixer nos cuticules. Puis, ma mère, regardant le salon, se demanda, découragée, comment nettoyer ce chantier. Je griffonnai en vitesse quelques mots. Les roses disparurent, sauf une, qui reposait dans ma main.

❀

J'offris la rose à grand-maman Nina. Elle en effleura doucement les pétales, puis la mit dans un verre d'eau.

Adossée à la tête de lit, elle se regarda dans son miroir ovale. Elle avoua qu'elle s'était ennuyée de sa véritable image. Se retrouver dans un corps d'adolescente avait été amusant, mais elle se sentait plus à l'aise dans son enveloppe de schnoque du troisième âge. Après tout, contrairement aux boutons, les rides ne font pas mal et on n'a pas à les péter.

Je lui expliquai que j'avais dû la retourner à son état de petite vieille pour lui éviter d'être prise en flagrant délit par mon père. Je n'osais imaginer l'énergie qu'il aurait fallu déployer pour lui expliquer comment sa belle-mère s'était métamorphosée en adolescente. Cela dit, elle n'avait qu'à demander. Il suffirait de phrases bien tournées de ma main pour exaucer ses vœux. Je pouvais étirer sa peau, redresser sa colonne, corriger sa myopie, faire disparaître ses oignons aux pieds, lui refaire les dents, lui faire une liposuccion, un déridage, une exfoliation, lui injecter du botox au visage ou du silicone dans les seins, pourquoi pas? Mes mots ont le pouvoir de réaliser une chirurgie plastique totale, sans douleur ni cicatrice ni sonde ni convalescence ni régime ni médicament ni clinique et le tout gratuitement!

Grand-maman Nina ne voulait pas que je perde mon temps à écrire à propos d'une vieille sans avenir. D'une pauvre petite vieille. Si je lui rédigeais un tel texte, elle se présenterait avec un visage lisse, souriant de toutes ses dents. Et puis après? Il n'existait pas encore de chirurgie plastique capable de régénérer les cellules. Et puis, son organisme, sous l'enveloppe charnelle, était dans un état désastreux. Sa vessie n'en faisait qu'à sa tête, ses os commençaient à s'émietter, son sang traînait dans ses veines comme un sirop épais et sa mémoire fonctionnait quand elle le voulait – certains jours, elle parvenait à peine à se rappeler son nom. Aucun auteur, aussi inspiré soit-il, ne pouvait suspendre le temps. Encore moins changer la loi naturelle de la vie. Ou de la mort.

Ah non? J'avais pourtant ressuscité Freddy, mort, la gorge tranchée par un canif. Grand-maman Nina ne parut pas impressionnée. Selon elle, mon texte avait agi sur le chien parce que c'était probablement un jeune animal, encore débordant de forces vitales. Pour sa part, elle était un être humain au bout de sa route, un animal épuisé. Elle n'avait jamais rêvé à la vie éternelle ni imaginé figurer dans le livre des records comme la femme la plus âgée du monde. Elle souhaitait seulement vieillir en paix, dans son coin, et profiter de ce qui lui restait encore de mémoire.

Pour une jeune fille de 13 ans, en pleine croissance, il n'était pas facile de se soumettre à la loi, encore moins à la loi naturelle, qui n'épargne personne ni n'admet aucune exception. Cependant, je n'avais pas le droit de transformer une personne en personnage sans son consentement.

Je donnai un bisou sur le front de grand-maman Nina. Voulait-elle un jus, une tisane? Elle n'avait ni faim ni soif. Elle reprit son miroir. Les cheveux rouges et le perçage, ce n'était pas si mal, marmonna-t-elle, et puis, une manucure, ça ne ferait pas de tort. Au lieu de cette grande rédaction que je lui avais proposée, si j'écrivais à son intention un petit billet pour satisfaire ses petites vanités?

Je sentais que c'était là son dernier souhait. Je sortis à la recherche d'un stylo.

Les pensées
d'une sorcière

Le jour suivant, je n'avais pris qu'un verre de lait et trois rôties avant de me rendre à l'école. J'avais pour ainsi dire jeûné le reste de la journée, sans même boire une seule goutte d'eau. De retour à la maison, mon estomac gargouillait si fort que ma mère l'entendit. Elle me trouvait un air hagard, semblable à celui de ces mannequins squelettiques qui titubent sur les passerelles de mode. Elle se dépêcha d'aller à la cuisine pour me préparer ma part du souper.

Seule au salon, je tirai de mon sac les cahiers de Pierre que je n'avais pas encore eu le temps d'ouvrir. Je les feuilletai, l'un après l'autre, dans l'espoir d'y découvrir quelque secret qu'il ne pouvait avouer que sur papier. Je constatai que les garçons ne se confiaient pas davantage sur papier qu'oralement. Je ne trouvai dans les cahiers de Pierre que des jeux de bataille navale, des grilles de tic-tac-toe, le classement des équipes de hockey cosom, le prénom Junior rayé d'un X, une caricature cruelle de la directrice de l'école – la verrue du nez avait pris la dimension d'un iceberg – les numéros de téléphone et les adresses courriel des camarades de classe, y compris les miens. Rien qui méritait la première page de *L'Œil vif*.

J'allais mettre de côté les cahiers, mais il me revint cette histoire d'écriture illisible de Pierre. Comme je m'y attendais, ça ne ressemblait pas à des hiéroglyphes. Peut-être par précipitation, il oubliait souvent de mettre le point sur les *i* et la barre sur les *t*, si bien que ces derniers pouvaient être pris pour des *l*. Sinon, son écriture était parfaitement lisible. Je notai qu'elle présentait une autre caractéristique : les consonnes les plus pointues penchaient vers la droite, comme si le vent avait soufflé sur le stylo pendant la prise de notes.

Ma mère me cria que mon assiette était servie, mais j'étais collée au fauteuil, sous l'emprise de mon intuition qui, à la suite de l'examen de l'écriture de Pierre, me révélait enfin le secret des billets anonymes.

Mon cœur qui battait à tout rompre étouffa un moment les gargouillis de mon estomac. Au lieu de me rendre à la cuisine, je courus jusqu'à ma chambre et plongeai dans ma commode. Je fis voler les bas, les petites culottes, avant de récupérer l'enveloppe de soie où je gardais les billets et poèmes de mon admirateur secret.

Les consonnes penchées, les i sans points... Ah, mon Dieu, comment avais-je pu être aussi aveugle? Aussi folle! Aussi idiote!

Après m'être copieusement insultée, j'allai à la chambre de grand-maman. Je n'aime pas troubler le sommeil des gens, mais j'avais besoin des lumières d'une spécialiste en graphologie. Je n'eus donc aucun scrupule à lui taper sur l'épaule. Je devais interrompre un rêve amusant, parce que grand-maman Nina ricanait dans son sommeil. Elle se réveilla en bâillant longuement. Elle s'anima rapidement quand je lui révélai l'objet de ma consultation.

Le résultat de l'examen de ma grand-mère ne laissait aucun doute : le propriétaire de ces cahiers et l'auteur de ces billets étaient bien la même personne! Pierre avait écrit sur mon plâtre son prénom en lettres détachées pour ne pas être découvert. Cette histoire de hiéroglyphes n'était qu'une ruse de plus pour demeurer dans l'anonymat.

Le mystère était élucidé, mais je ne savais que faire de cette vérité. Grand-maman Nina me proposa tout bonnement d'aller lui en parler.

Sa suggestion me rendit faible. J'avais peur de rougir puis de blêmir en alternance, comme un caméléon affolé, et de ne bégayer que des bêtises. Grand-maman rit de me voir en panique. Je n'avais pas à suivre un plan ou un scénario particulier. Je n'avais qu'à être dans le moment présent, le reste allait suivre.

Je trouvai son conseil bizarre, mais j'en pris bonne note. Je quittai l'appartement sous les protestations de ma mère, qui me suivit jusque dans le corridor en me servant son habituel discours sur les dangers de l'anorexie. Quelle idée de sauter des repas comme ça!

L'ascenseur arriva rempli de gens. Je ne pouvais échapper à ma mère. Je la suppliai de garder mon assiette au chaud. Elle me laissa alors partir.

Pour déjouer la curiosité et les sifflements obscènes des balourds, les rideaux des fenêtres du salon de beauté de Solange étaient souvent fermés. Ce jour-là, cependant, on pouvait voir presque toutes les coiffeuses, les manucures, les pédicures, les masseuses et les esthéticiennes du salon, affairées autour d'une seule cliente. Qui était-elle pour mériter un tel traitement? Une femme riche et célèbre? Une vedette? Les employées faisaient tout en même temps : massage du cuir chevelu, taille des cuticules, épilation des aisselles et de l'aine, éclaircissement des poils des avant-bras, masque de boue, etc.

Je n'avais jamais vu une femme aussi endurante. L'épilation lui arrachait bien quelques grimaces et gémissements, mais elle supportait tout avec patience. Elle ne retira les tampons qui protégeaient ses yeux de la boue que pour prendre une gorgée de café.

C'est alors que je reconnus cette cliente si importante – c'était la propriétaire du salon de beauté elle-même, Solange!

En m'apercevant sur le trottoir, Solange quitta la chaise et s'approcha de la fenêtre pour me faire signe d'entrer. Elle voulait absolument me remercier d'avoir mis fin à son cauchemar. Après tant d'années, elle était finalement libérée de son menaçant ex-mari. Et tout ça, grâce à mes mots. Elle ne savait pas ce que j'avais écrit, mais c'était certainement puissant. Le professeur d'histoire était apparu au bon moment pour faire fuir cette tête brûlée, grâce à cette surprenante histoire d'amour inventée.

Je tentai de mettre les choses au clair. J'avais rencontré monsieur Paul par hasard. Je le raccompagnais pour l'aider avec ses livres. Nous nous étions retrouvés devant le salon de beauté seulement parce qu'il habite tout près. Solange ne me crut pas. En fait, je crois qu'elle ne m'avait pas écoutée. Je lui jurai que je n'avais rien écrit à ce propos, mais elle mit ça sur le compte de la modestie. Et puis, l'histoire ne se terminait pas là.

Après le poulet aux olives, monsieur Paul, Solange et Pierre étaient passés au salon pour poursuivre la conversation en écoutant de la musique. Monsieur Paul aimait lui aussi écouter du *cool Jazz*, une coupe de vin à la main. Il s'était même laissé aller à chanter un peu, avec un charmant filet de voix, ce qui lui avait valu les applaudissements de Solange et surtout de Pierre. Ce dernier, qui se mourait d'envie d'apprendre la guitare, avait été très emballé d'apprendre que monsieur Paul avait joué de la basse dans un groupe de garage dans sa jeunesse. Monsieur Paul avait repris du vin. Au moment de partir, il avait trouvé le courage d'inviter à son tour Solange à souper.

Les yeux de mon amie brillaient à travers le masque de boue. Pour se transformer en adolescente, il ne lui manquait que les boutons! J'éclatai d'un grand rire, avant de lui rappeler sa théorie selon laquelle les hommes ne sont bons qu'à changer les ampoules et tuer les araignées.

Solange s'en tenait toujours à cette position, mais elle rappela que toute règle avait ses exceptions. Entre nous, on ne pouvait lever le nez sur une exception au visage d'artiste et au corps d'athlète qui, en plus, adorait le *cool Jazz*.

Les employées pointèrent l'horloge du salon de beauté; si la patronne voulait être prête pour son rendez-vous, il était temps de retourner à la chaise. Solange me remercia encore une fois, en embrassant ma main gauche.

❀

Je voulus savoir si Pierre était à la maison, mais le brouhaha des employées étouffa ma question. Je le saurais bien par moi-même. Je passai par la cour. En montant l'escalier du balcon, j'essayais toutes sortes d'entrées en matière, mais toutes mes idées me semblaient superficielles ou ridicules ou dramatiques. Je suivis le conseil de grand-maman Nina : je respirai un bon coup pour me vider la tête et me relaxer pour mieux m'abandonner au moment présent.

Comme au ralenti, je levai mon bras en fermant le poing. Au moment où j'allais frapper, Pierre ouvrit la porte en me demandant si j'avais déchiffré ses hiéroglyphes. Un peu interloquée, je répondis que je n'avais pas trouvé de hiéroglyphes, n'importe qui pouvait lire aisément son écriture. C'est à ce propos – je lui montrai mon enveloppe de soie – que j'étais revenue le voir.

Pierre ne nia pas être l'auteur des billets. Il justifia l'anonymat par son refus de les signer *Junior*. Il resta un moment la tête basse. Il avoua finalement qu'il n'avait pas eu le courage de s'identifier, même après avoir adopté le prénom que je lui avais donné par boutade. Il pensait que je préférais *Junior*; j'aurais peut-être été contrariée s'il avait signé *Pierre*.

Sa sincérité émouvante me laissa sans voix. Je ne parvenais pas à trouver le moindre mot pour exprimer ce que je ressentais.

Je regardais Pierre pour la première fois. Vraiment, je veux dire. Pendant qu'il s'expliquait, je considérais avec attention sa bouche aux lèvres nerveuses. La tension dilatait ses narines. Elle rendait son regard plus intense sous l'ombre des sourcils et des cils. J'ai aussi remarqué que sa frange camouflait quelques boutons. Je pus également compter les poils qui lui poussaient au menton. Les traits de son visage n'avaient rien de particulier, du genre fossette ou sourire de publicité de dentifrice, mais l'ensemble avait du caractère, était même beau. Ou, du moins, mignon.

Mon regard inquiéta Pierre. Je le rassurai en arrangeant du bout des doigts sa frange sur son front. Il ne cacha pas son soulagement : « Tu n'es pas fâchée? » J'avouai, qu'au contraire, ses billets étaient inspirés, inspirants, parce qu'il avait trouvé la juste mesure de poésie et d'humour.

Le compliment libéra Pierre de sa timidité. Sachant que ma littérature avait le pouvoir de transformer la fiction en réalité – Solange lui avait tout raconté le jour où j'avais ressuscité Freddy – Pierre me suggéra, sourire en coin, de lui écrire un billet avec cette simple phrase – *Jeanne-Dalva aime Pierre* – comme ça, nous serions à égalité.

Il n'y a rien de plus irrésistible qu'une déclaration d'amour par un timide. Après avoir déposé un baiser sur mon front, Pierre en posa un autre sur ma joue, puis il fit un petit détour sur le bout de mon nez, avant d'oser enfin la bouche. Il n'avait pas la technique de Gus; il était moins expérimenté. Il m'étouffa presque à cause de sa fébrilité. Et pourtant, quelle différence! J'étais moi aussi fébrile et frémissante sous ce baiser improvisé, un peu tout croche, mais combien, ô combien, amoureux!

Je fus la première à ouvrir les yeux pour découvrir avec plaisir que Pierre embrassait les yeux fermés. Nous restâmes un moment en silence, sans trop savoir où mettre nos mains. Finalement, Pierre me redemanda si je voulais bien écrire la petite phrase. Je lui dis en souriant que je n'avais pas besoin de ma littérature d'épanouissement personnel pour m'obliger à lui confier mon cœur.

Parfois, je me sens prédestinée et douée, telle une sorcière capable de créer ou de détruire à l'aide de mots brassés dans son grand chaudron. Pourtant, tout ne se peut se résoudre par la sorcellerie. Par exemple, je n'ai pas réussi à sauver le mariage de ma mère ni à prolonger l'adolescence de grand-maman Nina. D'un autre côté, je n'ai pas eu besoin de recourir à la fiction pour débarrasser Solange de son ex-mari, ni pour empêcher Juliette de surprendre son père avec sa nouvelle maîtresse, ni pour découvrir l'auteur des billets anonymes, ni pour gagner un amoureux par la même occasion. Tout cela était survenu de soi. Cela m'a fait comprendre qu'il est impossible de concurrencer les surprises du quotidien. Même quand mes textes fonctionnaient, ils produisaient une réalité provisoire qui, tôt ou tard, tournait mal, ce qui m'obligeait à créer une nouvelle réalité et ainsi de suite. Je ne me plains pas. Au fond, c'est grâce à ce jeu du chat et de la souris que j'ai reçu un premier baiser de Pierre.

Assise à côté d'une fenêtre de l'autobus, je laissais le vent ébouriffer mes cheveux. Les yeux fermés, j'écoutais palpiter mon cœur. Je me sentais inquiète et oppressée, j'éprouvais comme une sensation lancinante à l'âme. J'étais irritée, sans savoir pourquoi. Un frisson me parcourut; ça me rappela que je n'avais pas encore mangé. En fait, ça faisait quelques jours que j'avais de curieuses bouffées d'irritation. Ça ne pouvait pas être seulement dû à la faim. Envahie de sentiments confus, je descendis de l'autobus en criant après le chauffeur, parce qu'il avait freiné brusquement. Je maugréai en entrant dans le hall, parce que je faillis tomber en dérapant sur le plancher frais lavé par le concierge. Je défonçai presque le bouton de l'ascenseur qui semblait ne pas vouloir décoller du dernier étage.

Il faisait presque nuit quand j'entrai enfin dans l'appartement. Le pingouin magnétique du frigo me transmit un message de ma mère : *Je suis à la piscine avec Alex. Ton souper est au micro-ondes*. Bizarrement, je n'avais plus faim.

Un tiraillement à la vessie m'incita à aller à la toilette. Je croisai dans le miroir un visage renfrogné, le mien. Pendant que j'évacuais le trop-plein, je regardai machinalement dans la cuvette. Je sentis mon visage s'illuminer. Mon pipi était teinté de rouge. Je me sentis alors la fille, la femme la plus douée, la plus puissante au monde.

À partir de maintenant, je pouvais me vanter de connaître personnellement le SPM!

Je courus à la chambre de grand-maman Nina. Elle était couchée sur le côté, à gratter le mur avec ses ongles. À genoux, au bord de son lit, je lui révélai le nom de l'auteur des billets; je lui décrivis l'intense et douce sensation que procure un baiser amoureux. Enfin, je lui annonçai que je me voyais dans l'obligation d'aller à la pharmacie pour m'acheter des serviettes hygiéniques, mon grand rêve de femme accomplie!

Ma chère *schnoque du troisième âge* me sourit doucement, distante. Avait-elle au moins saisi tout ce que je venais de lui raconter?

Je regardai par la fenêtre un bout de ciel; une grosse lune rousse brillait. Si brillante qu'elle se reflétait dans ce qui restait des beaux ongles vernis que j'avais offerts à grand-maman. Cette dernière se retourna vers le mur pour recommencer à gratter.